異世界の山奥で
双子のちび竜《ドラゴン》を
拾いました
～最強回復士は
もふもふと子育てしながら
冒険者を楽しみます～
PICKED UP TWIN LITTLE DRAGONS.
著 鈴木竜一
ill. 藍飴

宮《ミヤ》原《ハラ》優《ユー》志《ジ》
ブラック企業で働く
ごく普通のサラリーマンだったが、
ある日異世界に転移し
ティナとマナを保護する。
希少な回復士としてのスキルを
活かし、共に冒険者として
生きていくことに。
シラヌイ
大陸の東端の小さな国
「ヒノモト」からやってきた
というもふもふ妖狐。
優志たちを気に入り
パーティーに加入する。
「静かに寝かせてくれんかのう」
「熱いから気をつけてな」
「わーい！」
「たーたい……」
マナ
雷撃を操る
二本角の竜人幼女。
ティナよりもやや引っ込み思案。
ケガを治してもらって以来、
優志に懐いて行動を
共にしている。
ティナ
火炎を操る
一本角の竜人幼女。
元気でちょっぴりおてんば。
マナとは双子の姉妹で
優志に懐いている。

「ユージ！
楽しく
やっているかぁ！」
ダズ
冒険者パーティー
「緋色の月《スカーレット・ムーン》」のリーダー。
上位ランクの凄腕冒険者。
屈強な外見だが穏やかで
面倒見がよく、大の宴会好き。
森で出会った優志を
リーフ村に案内する。
「ふふっ、なんだか
本当のお父さんみたいでしたよ？」
リウィル
リーフ村の村長
兼ギルドマスター。
冒険者だった父から引き継いだ
ギルドを立派に切り盛りしている。
鑑定スキルを持ち、
スキルマニアで
かわいいもの好き。
ベルギウス・
フォンダース
リーフ村のある辺境を
治めているフォンダース家当主。
先代の父親が急逝し若くして領主に。
責任感が強く、義務を果たそうと
肩ひじを張っていたが
優志たちと出会い
自然体に。
「君には期待
しているよ、
ミャーラ・ユージ」

絶体絶命のピンチに陥った俺とギャディ。
すると、ふたりの少女が
立ちふさがるように割り込んだ。
「ユージ！　たすけう！」
「やっつけうよ！」
力を合わせて
ダンジョンに潜む
強敵を撃破！

異世界の山奥で双子のちび竜《ドラゴン》を拾いました

PICKED UP TWIN LITTLE DRAGONS.

～最強回復士はもふもふと子育てしながら冒険者を楽しみます～

著 鈴木竜一　ill. 藍飴

目次

第一章　迷い込んだ先は異世界でした

おぼろげだった意識が少しずつ覚醒していく。

「あ、あれ？」

大の字になって寝ていた俺は頭部に鈍痛を感じながらもゆっくりと起き上がる。

「どこなんだ、ここは？　どうして俺はこんなところに？」

地面に転がっていたせいですっかり土まみれとなってしまったスーツを手で払いながら、俺はあてもなく歩き出した。

同時に現在地を知ろうとスマホを取り出すが、なぜか位置情報が出ない。

「こんな時に故障かよ。救助を呼べないじゃないか」

充電も切れかかっているし、バッテリーは車の中に置きっぱなしだったんだよな。その車も周囲にはないし、いったいなにがどうなっているんだ？

さまよいながらも俺はここに至るまでの記憶をたどってみる。

「あぁ……あんまり思い出したくないなぁ」

今日だけのことでいいのに、なぜかこれまでの半生が浮かび上がってきた。

俺の三十五年の人生――それは「ろくでもない」のひと言で片付けられる。

両親を早くに亡くし、施設で育った俺は半端な高校から半端な大学に進学し、ろくな就職先もなく頼ったのは就活サイトにすら掲載されていない弱小企業。そこで俺は馬車馬のごとく働かされている。

安月給にパワハラ三昧。

転職をしようにもろくなキャリアのない俺なんかに誰も見向きはしない。

なんか、思い出して悲しくなってきた。

そんな昔話なんてどうでもいい。

とにかく、重要なのは今日の予定だ。

「確か今日は朝から県外の取引先へ向かって、それが順調に進んだからいい気分のまま営業車で会社に戻ろうとしていたんだったな」

ひとりで名も知らぬ森の中を歩き続けるという恐怖を打ち消すように、俺は今日一日の出来事を口に出していく。

しかし、おかげで記憶はだんだんと鮮明によみがえってきた。

取引先との打ち合わせは円満に終わり、これであの嫌みなクソ上司に怒られずに済むぞと上機嫌で営業車を走らせていた。

そこまで思い出した時、思わずゾッと血の気が引いた。

そうだ。

あの帰り道で俺は――

「死んだんだ……」

会社への帰り道。

反対車線を走っていた大型のトラックが突然こちらへとノーブレーキで突っ込んできて、俺の運転する営業車と衝突したんだ。おまけにそこは山道だったため、トラックに押し出されるように崖の下へと転げ落ちていった。

「あれは確実に死んだよなぁ」

他人事みたいな発言をしているが、本当にそんな言葉しか浮かんでこないのだ。

今は普通に歩いているけど、なんで無傷なんだ？

時間が経つにつれて冷静になってくると今度は恐怖心が湧き上がってきた。

さまざまな思考が入り混じる中、俺はひとつの仮説にたどり着いた。

「ここが天国ってヤツなのか？」

あの事故の状況からして助かったとは考えづらい。

それでもこうして痛みもなく五体満足に動けている。この事実から、俺はそう判断した。

「そうか。俺は死んだのか。いや、だとしたらどこへ向かえばいいんだ？」

死後の世界とやらがどんな場所なのか知らないけど、たぶんこんな森の中ってわけじゃないと思う。

なんのヒントもないが、歩き続けていれば目的地にたどり着けるのだろうか。

「ていうか、ここは本当にどこなんだ？」

俺の身長とほぼ同じくらいある巨大な花。

木の枝を這う見たこともない紫色の昆虫。

少なくとも、俺がトラックに弾き飛ばされて落ちた先に広がっていた森でないことは確かだな。あそこよりずっと深くてなにより不気味だし、そもそもあの世なのかどうかも怪しくなってきた。

そんなことを考えながら歩いているうちに辺りは少しずつ薄暗くなってくる。

まずいな。こうなってくるとイノシシとかクマとか野犬とか、恐ろしい野生動物が襲ってくるかもしれない。

「せめて建物があってくれたらいいんだけど」

夜を過ごせる山小屋のような場所がベストではあるけど、この際贅沢は言ってられない。

雨の心配はなさそうだから、少し広い空間を見つけたらそこで焚火をして朝まで耐えるって選択肢もある。

まあ、それはあくまでも最終手段だな。

さらに歩き続けるが、やがて両足に限界が訪れた。

日頃の運動不足のせいだな。

医者の指示通り、少しは体を動かしておくべきだったと今さら後悔する。

休憩を挟みつつ歩いていると、やがて小川を発見。

こういう水は本来飲むべきじゃないんだろうが、喉がもうカラカラで限界だ。多少のリスクはあっても水分を補給したかった。

「ありがたいな」

とりあえずガブ飲みせず、口に含んでゆっくりと喉を潤す。

それが終わると周辺から木の枝を集め始めた。森の中だけあって、燃料となりそうな物はたくさん転がっている——が、問題はこれらを燃やす火種だ。

「ライターでもあればいいんだけど」

最近は電子タバコばかりだから携帯している人も少なく、そもそも俺はタバコを吸わない。

なにか別の手段で火を熾すしかないな。

どうしたものかと迷っている間に辺りはすっかり暗くなってしまった。

木々の間から差し込む月光に照らされながら途方に暮れ、なにげなく周囲を見回していると茂みの一部が不自然に揺れているのを発見する。

「お、おいおい……」

とうとう野生動物との遭遇か？

せめてもの抵抗として近くに落ちていた大きめの木の枝を手にする。さっきの運動もそうだが、これならもっとまじめに体育の剣道の授業を受けておくんだったな。

しかし、これでハッキリした。

俺は今、生きるために戦おうとしている。

それはつまり……生きているなによりの証だ。

だったら、ここを生き延びてもう一度人生をやり直そう。

こんな前向きになれるんだから、きっと次はうまくやれる。

それにしても、危機的状況に追い込まれた途端にこれほどポジティブになるなんて皮肉なものだな。

揺れ続ける茂みをジッと見つめ続け、いつなにが襲いかかってきても戦えるように構えていたのだが——まったく動きがない。

さすがに不審に感じてゆっくりと近づいていくと、そこで想像を超える存在と遭遇した。

「っ！　お、女の子？」

茂みの向こうにいたのは五歳くらいの女の子だった。

おまけにふたり。

目がクリッと大きく、愛らしい顔立ちをしているが、そっくりな見た目をしているので双子と思われる。

服装はどこかの民族衣装のようだが、それ以上に驚いたのは彼女たちの頭から生えている角だ。

ひとりは額から伸びる一本角。

もうひとりは側頭部からわずかに歪んだ形状の角がそれぞれ一本ずつの計二本角。

ふたりには共通しているのは空色をした長い髪と翡翠のような緑色の瞳……そして、トカゲのような尻尾が生えている点だった。

まるでドラゴンだな。

明らかにふたりとも人間じゃない。

「な、なにがどうなっているんだ？」

人外の少女たちを前に動揺する俺はもしやと思い、空を見上げた。

そして予想が的中していたと知る。

「月がふたつ？」

まさかとは思ったけど、本当に違うんだな——俺がかつて暮らしていた世界とは。

確信する。

ここは異世界だ、と。

「マジか……でも、それならあれだけの事故に遭いながら無傷でいる現状にも説明がつく」

あの交通事故が起きた瞬間、理由は不明だが俺はこの世界へと転移していたのだ。

そんなラノベやマンガみたいなことが現実に起きるのかと疑いたくなるが、どう足掻いても状況は変わらないのだから、これは揺るぎのない事実として受け止めなくちゃいけない。

まだ気持ちの整理がついていない、俺のズボンを誰かがチョイチョイと軽く引っ張る。

視線を落とすと、さっきの少女のうち一本角の方の女の子がなにかを訴えかけるようにこちらを見つめていた。

今にも泣き出してしまいそうなほど瞳を震わせているが、小さな口元はキュッと引き締まっている。

怖いけどなんとかしてほしいから必死になっている。

俺には彼女の姿がそう映った。

「ど、どうかしたのか?」

そもそも日本語が通じるかどうかも怪しいが、一応尋ねてみる。

一本角の女の子はもうひとりの子を指している。

敵意はなさそうなのでゆっくり近づいていくと、もうひとりの子は膝に出血を伴う怪我をしていた。どうやら足が痛くて動けないようだ。

だから一本角の女の子はあんなに必死だったのか。

姉妹思いの子なんだな。

「ひどい怪我じゃないようだけど、痛むんだな?」

こちらの言葉がどこまで通じているか把握はできないが、負傷している二本角の少女は数回頷いて意思を示した。日本語でも大丈夫そうだな。

こちらの言葉は通じているようなのでひと安心だが、まだ根本的な解決に至っていない。

「まいったな。治療道具なんて持ち合わせてないぞ」

せめて出血を止められたらと、俺は小川まで走ってハンカチを濡らし、彼女のもとへ戻って傷口に当てる。

痛みから二本角の少女は一瞬顔を歪めるが、これが治療の一環だと理解しているらしく、すぐにグッと口を結んで耐えていた。

もうひとりの少女はオロオロしながらも二本角の少女の手をしっかり握って励ましている。

悪い子たちじゃなさそうだし、なんとかして助けてあげたいが、俺になにができるっていうんだ？

必死に頭を悩ませていると、両手に違和感を覚えた。

「なんだ……？」

原因は不明だが、なにかこう、不思議な力を感じる。

それがいったいどんな効果をもたらすのか分からないが、きっと彼女の傷を癒せる。そんな根拠のない自信はあった。本能で察するというか、理論とか原理とかそういうのを超越した直感ってヤツに近い。

眉唾物の力を信じるなんて普段じゃ絶対にしないんだけど、目の前で苦しんでいるこの子を助けられる可能性はもうこの力しかない。

そう結論づけた俺は、不思議な力で満ちる両手をそっと二本角の少女の傷口に添える。

すると、患部が眩い光に包まれていった。

「こ、これは⁉」

自分でもなにが起きたのか説明できないが、この暖かくて心地のいい光は決してマイナスに作用するものではないと確信していた。

それからしばらくすると光は自然に消え、もとの暗い森へと戻る。

だが、二本角の少女には劇的な変化が訪れていた。

「お？　立てるか？」

フラフラとした足取りではあるが、なんとか自力で立ち上がれるまでに回復。よく見ると出血も止まっているし、傷口もふさがっていた。

これで分かったことがふたつある。

あの力はやはり治癒効果があり、そして……ここが間違いなく異世界であることだ。

「あれで治っちゃうならまさに病院いらずだな」

自分の両手を見つめながら、俺は呟く。

いわゆる回復士《ヒーラー》ってヤツかな。

攻撃魔法の方が派手で見栄えがいいとも思えたが、こっちの世界の医療がどれほど発達しているのか分からないのでそれを考慮すると便利な能力とも判断できる。

もっといろいろと試してみたいところだが、こういう力は負傷者がいないと効果を発揮できない。そういう部分はちょっと不便だな。

ともかくこれでこの子たちも家に帰れるだろう。

焚火については難しそうなので、彼女たちがしていたように俺も茂みに体を隠しながら夜を過ごすか。

そうと決まれば早速行動に移ろうとしたのだが、どうも視線を感じる。

振り返ると、なぜか双子少女がこちらを見つめたまま動こうとしない。

「君たち……帰らなくていいのか?」

尋ねてみるが、俺の言っていることが理解できていないらしく、ふたりは顔を見合わせた後でカクンと首を傾げた。

もしかして、この子たちには帰る家がない?

或いは迷子になってしまったとか?

試しに立ち上がって歩いてみると、双子少女は俺の後ろをトコトコとついてきた。まるでカルガモの母親になった気分だが、実際はそう暢気《のんき》な状況でもないんだよな。

「ふたりとも……俺についてきてもなにもないぞ?」

やんわり伝え、言葉も通じているようだが、なぜかついてくるのをやめない。

困ったな。

こっちもついさっきようやく異世界に転移し、スキルか魔法かさえ明確になってはいないが傷を癒せる不思議な能力を宿していることを把握したばかりだ。

ハッキリ言って、他人を気遣っていられる余裕はない。

ないのだが……かといってこのまま放置もできなかった。

まあどうにかなるだろう。

するとその時、一本角の女の子がくしゃみをした。

夜になって肌寒くなり、それが出てしまうのは仕方のないことだが、問題は「くしゅん」という可愛らしい声の後放たれた炎だ。

「うおっ⁉　あっつ⁉」

まさか炎を吐けるとはまったくの予想外だったが、おかげで焚火の火種が見つかった。

俺は集めた木の枝を重ねてある場所までふたりを連れてくると、一本角の少女に頼んで再び火を吐いてもらう。

木の枝はあっという間に燃えて周囲が明るくなり、なにより暖かくなった。

おまけに炎は野生動物対策にもなる。

「よくやってくれたぞ！」

あまりの嬉しさに一本角の子の頭を撫で回す。

だが、冷静になると、いくら幼いとはいえ女の子の頭にいきなり触れるのはよろしくない。前の世界なら完全に事案として広まるケースだ。

しかし、撫でられている一本角の女の子は気持ちよさそうに目を細めている。

それどころか、二本角の女の子に腕を引っ張られて同じようにしてくれと催促されてしまうほど。

好意的に受け入れてもらえたようでなによりだ。

それにしても、いつまでも角の数で見分けるのはよろしくないな。

名前を知りたいところだが、どうも彼女たちはそれすら持ち合わせていないようで、何度尋ねても首を横に振るばかり。

これでは埒が明かないと思った俺は、自分で彼女たちの名前を決めることに。

「もし名前がないんだったら、一本角の君はティナ。二本角の君はマナ。それでどうだい？」

「「っ！」」

それぞれに呼びかけるよう名前を口にした瞬間、ふたりとも目をカッと見開いて、それから互いに手を取って笑顔になった。喜ばれていると受け取っていいのかな。

だが、そうなると彼女たちには俺の名前も知っておいてもらいたいな。

「俺は宮原優志だ。み、や、は、ら、ゆ、う、じ」

分かりやすいようゆっくり告げると、ふたりは俺に続いて名前を口にする。

「「ミャーラ・ユージ？」」

なんか外国人みたいな名前になったな。

いや、この世界に来てしまえば外国もなにもあったもんじゃないか。

「ユージでいいよ」

そっちの方がスムーズに呼びやすそうだったし、こっちは特に苗字とかにこだわりはない。

あくまでもふたりが呼びやすい方の名前で呼んでくれたらいいのだ。

「「ユージ！　ユージ！」」

何度も俺の名前を叫ぶティナとマナ。

そんなに嬉しかったのか？

まあ、あの子たちくらいの年齢——いや、異種族だとしたら外見から察せられる年齢を人間感覚で数えるのは誤りなのかもしれないが、言動からしても五、六歳くらいだろう。

とにかく、それくらいの子どもは些細な出来事が人生を揺るがすような大事件に発展することもあるので、このような反応になっても驚きはしない。むしろ好影響を与えられたようでよかった。

「さて、今日はもう遅いしそろそろ寝ようか」

ふたりへそう提案すると、どちらもこくこくと頷く。

うん、意思疎通はできているな。

その後は焚火の周りに身を寄せて夜を明かすことに。

ティナとマナはふたりで寄り添いながら寝るのかと思っていたが、俺をサイドから挟む形となっている。怪我を治療したのがよほど嬉しかったらしく、物凄い勢いで懐いてくれた。

ただ、逆にこれまであまり他者と関わりを持ってこなかったんじゃないかなって心配になってきたよ。

最初にコンタクトを取ろうとした時は怖がっている素振りもあったが、今ではそれもまったくなくなった。

とはいえ、あまり簡単に人を信じてしまうのはよろしくないんだが、まあ、この場に関しては彼女たちの純粋さと素直さに感謝しておこう。おかげで焚火もできたことだし。

「ふあぁ……俺も寝るか」

あまり考えていても仕方がない。俺は寝ているふたりを寄せてスーツの上着をかけた。布団の代わりになるとは思えないが、ないよりはマシだろう。

汚れてしまうが、もとの世界に帰れるかどうかも分からないし、焚火が消えてまた肌寒くなったら体調を崩してしまうかもしれないからな。

「おやすみ、ティナ、マナ」

なんだかふたりに情が湧いてきたな。

なんの前触れもなくいきなり異世界へと飛ばされたっていう状況もあってか、あまり実感はないけど心細さがあるらしい。

近くの木にもたれかかると、俺は満天の星を眺めながら今後の行動について考え始めた。

当面の目的としては、やはり山を下りることを優先したい。

ここでのんびりスローライフっていうのも悪くはないのだが、とにかく情報が不足しすぎていて不安の方が先行していた。

まず、簡単でもいいから世界情勢を知り、それから俺の持つ回復系の能力について詳しく分析したい。

これらは専門家がいるだろうからなんとかして接触し、状況の把握に努めたいな。

「近くに町か村があってくれるといいんだが」

そんなことを呟きつつ、ゆっくりと目を閉じた。

明日は朝から移動を始める。

今はゆっくり休んで少しでも体力を回復させておかないと。

◇◇◇

翌朝。

「んあ？」

木漏れ日に照らされたことによる眩しさで意識が覚醒。

異世界で迎える初めての朝だが、感慨深さを味わうよりも先に腹の音が森の中に響き渡った。

「昨日からなにも食べていないんだったな」

いつもなら会社帰りにコンビニか深夜までやっているドラッグストアで弁当を買って帰るのだが、この世界にそんな便利な施設などあるわけもなく、自力で食べ物を調達するしかなかった。

スーツのズボンに入っている財布の中には三万円ほど現金が入っているが、こちらではまったく役に立たないだろうな。円が流通しているはずもないし。ただ、そうは理解していても捨てられないいんだよなぁ。

根付いた貧乏根性に呆れながら、近くの小川で顔を洗うかと立ち上がる。

そこで俺は気づいた。

「あれ？　ティナとマナがいない？」

スーツの上着は置いてあるが、肝心の双子ドラゴン少女の姿は見えなかった。

「そうか。家に帰ったんだな」

そう考えるのが妥当だろう。

あの子たちにはあの子たちの生活がある。

ただ、またひとりになってしまったっていう孤独感が襲ってきた。

不思議なものだな。

もうひとりは慣れっこだと思っていたのに。

今までとはちょっと違った感覚だ。

これも異世界だからだろうか。

なんだか暗い気持ちになりかけたが、それをかき消すように再び腹の虫が鳴る。

「なにか食べられそうな物はないか？」

辺りを見回すと、山菜らしき植物はあちらこちらにあるのだが、まったく知識がないので手を出せないでいた。

そもそもここは異世界なので、以前暮らしていた世界での知識は役に立たないだろう。

とはいえ、空腹も限界を迎えようとしている。このままでは餓死してしまうし、下山する体力もなくなる。

多少のリスクを負ってでも、なにかを口にしなけりゃ生きてはいけない。

覚悟を決めて近くの野草へ手を伸ばそうとした時、背後から女の子の声がした。

「「ユージ！」」

おまけに名前を呼ばれて振り返ると、立ち去ったと思っていたティナとマナが笑顔でこちらへと駆け寄ってきた。

「ふ、ふたりとも⁉　帰ったんじゃなかったのか⁉」

もう会えないのかと落ち込んでいたので俺も思わず笑顔になる。

しかもふたりの手には新鮮な魚が握られていた。

「ど、どうしたんだ、この魚」

「とた！」

一本角のティナが近くの小川を指さしながら言う。

「とた？」

ああ、「小川で獲った」って意味か。

昨日までは会話らしい会話は成立していなかったのであきらめていたが、一夜明けたらつたないとはいえ話せるようになっていたのも驚きだ。それだけ心を許してくれたと考えていいのかな。

あと、普通に彼女たちの言葉が日本語として聞こえるって事実も知ることができてよかった。

これもなにかの能力のおかげだろうか。

話は戻り、ふたりが獲ってきた魚は全部で五匹。

マナが「いつもこれ」と言っていたので、彼女たちはここで長い年月を過ごしているようだった。

家に帰らないのではなく、この森が彼女たちの家だったのだ。

なにはともあれ、食材が調達できたのは大きい。

ティナとマナは生で食べようとしていたが、俺はさすがに火を通して焼き魚にしようか。

ちなみにふたりは二匹ずつで、俺は一匹。

医者から体重増を指摘されていたしちょうどいい。育ち盛りでドラゴン（？）でもあるティナとマナの方が栄養をたくさん摂るべきだろう。

昨日と同じ要領でティナに火を吹いてもらって焚火を作り、適当な大きさの枝を洗って綺麗にしてから魚を串刺しにして焼いていく。これはちょっと前にネットで偶然見たキャンプ動画で得た知識だ。

本当は内臓なんかも取り出した方が食べやすいのだろうが、さばける道具もないので今回はこのまま。あと欲を言えば最低限の味付けをするために塩が欲しかったな。

まあ、贅沢なんて言い出したらキリがないのでほどほどにしておこう。昨日までの状況を考えたら食べ物があるだけ百倍ありがたい。

焚火で魚を焼いていると、ティナとマナは興味深げに眺めていた。

「ふたりの魚も焼こうか？」

俺が尋ねると、どちらも首をブンブンと勢いよく縦に振り、それぞれの魚を渡してくる。

同じ手順で枝に魚を突き刺して準備完了。

パチパチという音とともに真っ赤な炎が魚の表面を焦がしていく。

「あまり近づくと危ないぞ」

口から炎を吐き出せるくらいだから熱に強いのだろうけど、幼い子どもが火に顔を近づけている光景はどうも危なっかしい。

焼き始めてから数分後。

「そろそろいいかな？」

だいぶ焼き上がってきたので枝を持ち、ティナとマナへ渡す。

「熱いから気をつけてな」

ここでもやはり心配する発言が出てしまった。

ふたりはまったく熱がる素振りもなく、魚を尻尾からガブリ。

って、枝まで一緒に食べているようだが、まったく気にしていない。種族間で感覚が違うのだろうな。

「「おいし！」」

どちらも味には感激している様子。

刺身も悪くないが、こういう食べ方もあるんだぞって示せてよかったよ。

ティナとマナの食べっぷりを見ていたら俺もさらに腹が減った。

焼き魚は何度か食べたけど、川魚って初めてかもしれないな。都会育ちだからこういう機会にはなかなか恵まれなかったし。

早速ひと口食べてみると、思ったより生臭さを感じず、限界に近いほど空腹ということもあってパクパクと自然にがっついてしまうほどうまかった。

これもすべては早起きをして魚を獲ってきてくれたふたりのおかげだ。

「ありがとうな、ティナ、マナ。ふたりのおかげで飯が食えるよ」

「わーい！」

「へへへ」

双子であるティナとマナは顔立ちこそ似ているが、角の位置と本数が違うので見分けるのは簡単だ。

あとは性格にも結構違いがある。

一本角で炎が吐けるティナは元気がよくお転婆。マナも元気はいいが、ティナに比べるとお上品っていうか、大人しさがある。

彼女たちのことがもっと知りたくなった俺は、食事をしながらいろいろと聞いてみた。

「ティナとマナはずっとふたりだけで暮らしていたのか？」

「うん！」

「ふたり！　いっちょ！」

ドラゴン――いや、この場合は竜人族って種族になるのだろうか。

ともかく、彼女たちの種族はこれくらいの年齢で親元を離れるのが普通なのか？

「ご両親はどうしているんだい？」

「ゴリョーシン？」

「お父さんとお母さんだよ」

「うーん……？」

揃って腕を組み、悩み込んでしまった。

そんなに難しい質問ではなかったと思うんだが、それだけ両親との思い出が希薄なのかな。

「まっ、分からないのなら無理に思い出すこともないよ。魚を食べたら出発しようか」

「しゅぱつ？」

今度はその言葉が引っかかったようだ。

彼女たちは長らくこの森で暮らしていたので、俺もこのまま森で生活するのだと思っていたらしい。

それも悪くはないのだが、やはり俺は町を目指すと決めた。

ただ、ふたりがついてくるかどうかはそれぞれの判断に任せたい。

「俺はこれから森を出るつもりでいるんだけど、ふたりはどうする？」

「いく！」

即答だった。

住み慣れたこの地から離れて大丈夫かという心配もあるが、本音を言わせてもらうと嬉しかった。

いい年をしたおっさんだけど、これまでの常識が通用しない異世界へ流されたことへの不安はまだ消えていないので、生活基盤が整うまではひとりでも仲間がいてくれたら心強い。

あと、ティナとマナをこのままにしておくのは心配だったしな。

今回は偶然俺が近くにいたからよかったけど、もっと大怪我や病に倒れた時、頼れる存在が近くにいないって状況は心細いだろうし。

というわけで、俺たちは支え合いながら進んでいくことを決意する。

「よし。それじゃあボチボチ出発するか」

朝食を終えた俺たちは森を出るために再び歩き出した――が、ここで問題が発生。

「どっちに進むべきかな……」

行くあてにまったく見当がつかない。

闇雲に歩き回っても体力を消費するだけだし、ある程度の目星をつけて行動したいな。

「ティナとマナは人間が住んでいる町とか村の場所って知っているか？」

ダメもとで聞いてみる。

すると、ふたりは一度顔を見合わせてから「「あっち」」と声を揃えて同じ方向を指さした。

「ほ、本当か⁉」

まさかの収穫だった。

信憑性についてはこの際どうでもいい。

なにも手がかりがないままさまようよりも、わずかであっても可能性がある方向へ進んでいけたら心持ちも変わってくるからな。

「じゃあ、行こうか」

不思議な縁で出会った俺とティナとマナは、森を抜けるために歩き出した。

日中は日差しが強く照りつけてはいるものの、背の高い木々に囲まれた森の中にいるおかげで暑さはあまり感じない。

それでも数時間も歩いていればさすがに汗も滴り落ちてくる。

「ふぅ……少し休憩にしようか」

ティナとマナはまだまだ歩けそうだったが、俺の膝とふくらはぎが悲鳴をあげ始めていた。

森の中を革靴で歩き続けていたせいもあるかな。

せめてスニーカーだったらなぁと思うのだが、まさか外回りの帰りに異世界へ転移するなんて予想できるはずがない。これぱっかりは仕方がないのだ。

ちょうど大きめの岩があったのでそこに腰を下ろして吸い込んだ息を吐き出す。

一日寝たとはいえ、蓄積された疲労はそう簡単に取れず、足はもうパンパンだった。

「近くにマッサージ屋でもあったらなぁ――待てよ」

あり得ないことを呟いた直後、ある閃《ひらめ》きが脳裏をよぎる。

「昨日のあの不思議な力……俺自身にも効果は出ないかな」

出血を伴うマナの怪我を治した俺の能力。

あれを他人じゃなくて自分自身にかけられたら、疲労知らずで歩き回れるのではないか。

「もうちょっと早く気づくべきだったな」

実際にやってみないとなんとも言えないが、可能性は十分にあると思う。

ただ、詳しいやり方の手順など覚えてはおらず、すべてが「こうかもしれない」っていう感覚だけで進めていったんだよな。あの時と同じように手を添えるだけで効果を発揮してくれたら嬉しいんだけど。

淡い希望を抱きつつ、俺は両手を疲労が溜まった足へ持っていく。

しばらくすると、マナを治療した時同様に淡い光が両手を包んでいった。

「お、同じだ！　マナを治した時と！」

光を通して伝わってくる感覚もまったく一緒だった。

今回は事前に「こうなるかもしれない」って予想が立てられたので、昨夜よりも冷静にこの力を分析できた。

まず両手の光だが、これを患部に当ててると温かくなって痛みがやわらいでいくのを感じた。

筋肉がほぐれていくと表現した方が分かりやすいだろうか。とにかく歩行を拒むくらいの痛みが静かに消えていくのだ。きっと、昨夜のマナも同じような感覚だったに違いない。

「いいぞ。この調子ならすぐにまた歩き出せる」

そして疲れたらまたこの力で癒せばいい。

まさに無限機関と呼べるが、本当に期限もなく使い続けられるかは疑問が残る。なにせこれほど効果の高い力だ。魔法だろうがスキルだろうが、代償としてなにかを消費しているとして間違いないだろう。

仮にそれが魔力だとしたら、一日に使用できる回数は限られてくる。あまり乱発してしまうといざという時に発動できなくなってしまう恐れがあった。魔力切れって場合によっては命を落とすケースも考えられるし。

「それにしても効果は絶大だな。スタートした時よりも状態がよくなっている」

手探り状態ではあるが、怪我の治癒だけでなく疲労回復の効果もあるのか。使用状況の幅が広がるな。

あとはどれくらいの頻度で使えるか。

これがハッキリすれば作戦も立てやすくなる。

コンディションも回復したし、そろそろ再出発といくか。できれば暗くなる前に人のいる場所に出たいからな。

「さあ、行こうか」

ティナとマナに声をかけたとほぼ同時に、それほど離れていない位置からなにかが激しくぶつかり合うような音が響いてきた。さらに衝撃から来る横揺れ。

「な、なんだ⁉」

ついさっきまで風が木の葉を揺らす音と小鳥のさえずりくらいしか聞こえなかったのに、突然不釣り合いなまでの爆音が轟いた。

野生動物同士が縄張り争いでぶつかり合っているとか、そういう生やさしいものじゃない。なにより、この森で暮らしていたティナとマナのふたりが怯えているところを見ると、普段からこのような現象が起きているわけじゃないようだ。

この場合、音の原因からは離れた方がいいだろう。

なにも分からない状況でこういった一大事に巻き込まれるのは避けたい。

「ティナ、マナ、すぐに移動するぞ」

俺はふたりの手を引いて走り出そうとしたが、それを妨げるように巨大ななにかが地面を揺らしながらこちらへと近づいてくる。

「くそっ！　モンスターか！」

ドラゴン系双子少女がいる世界なら、モンスターの一匹や二匹いてもなにもおかしくない。むしろいない方が不自然だろう。

最悪なのは、こちらに戦う術がないこと。

ただ、仮に武器があったとしても俺では使いこなせないだろうな。一応、ティナが炎を吐き出せるって技（？）を使えるが、幼い少女を戦いの前線に立たせるのは気が引ける。

なんとしても逃げきらないと。

そんな俺の思いも虚しく、周辺の木々を蹴散らしながらモンスターが登場する。

「ぐおおおおおおおおおおおおっ‼」

耳をつんざく雄叫びを放ったのはクマだった。

前の世界でも森の中でこいつに出会ったら死を覚悟するレベルなのだが、異世界はやはりひと味違っていた。

まず体毛が真っ赤。燃え盛る炎を彷彿とさせる毛色だ。

さらに目を引くのはサイズ。

木々をなぎ倒すだけのパワーを秘めているだけあって、体長は少なく見積もっても五メートル以上はあるぞ。

「ぐるるる……」

こちらの気配に気づいたのか、赤い毛色の巨大クマは動きを止め、口の端から涎を垂らしながら俺たちを視界に捉える。

「まずいな」

ヤツは間違いなく標的をこちらに定めた。さっきの勢いでこっちに突っ込んでこられたらひとたまりもないぞ。

なんとかして切り抜けようにも、俺の手札は回復系のみ。

もしかしたらそれ以外にもあるかもしれないが、それを試している暇はないしティナとマナは俺の足にしがみついて震えていた。さっきの雄叫びで完全に怖がってしまっているようだ。

動きは完全に封じられ、手詰まりとなってしまう。

絶体絶命の状況に陥ったその時、どこからともなく男の叫び声が聞こえてきた。

「そこから動くなよ！」

さっきの雄叫びにも負けないくらいの大声だったこともあり、赤い巨大クマの関心はそちらへと移った。俺たちの視線も声のした方へと向けられる。

「怯むな！　ヤツは手負いだ！　突っ込んで一気にカタをつけろ！」

「「「「うおおおおおおお!!」」」」

やってきたのは大人数の武装した男たちであった。

先頭を切って走るのは周りと比べてもひと際大きな髭面の偉丈夫。

巨大な斧を振りかざし、果敢にも巨大クマへと挑んでいく。

「ぶおおおおおおおおっ!!」

巨大クマも簡単にやられまいと鋭い爪を立てて抵抗する。

「うわっ!?」

「どあっ!?」

暴れ回る巨大クマの攻撃を食らった複数の男たちが負傷。それでも彼らは臆することなく向かっている。

「ちいっ！　よくも仲間をやってくれたな！」

リーダー格の男が大きな斧を振り回しながら反撃に移る。

激しい戦闘が繰り広げられる中、巨大クマの足元に負傷した男が倒れていた。彼は脇腹をあの鋭い爪で引き裂かれたようでひどく出血している。

周りの仲間たちは他の負傷者の救出に成功していたが、巨大クマから最も近くにいる彼だけは、助け出そうにも苛烈な戦いの最中でなかなか隙が生まれず困り果てていた。

やるなら俺しかいない。

彼らが来てくれなかったら、俺もティナもマナも今頃はあの巨大クマの胃袋に収まっていただろう。そういう意味では命の恩人でもあるのだ。

「ティナ、マナ、俺はあの人を助けに行く。ここで待っていてくれ」

「「ユージ⁉」」

まさか俺が離れるとは予想もしていなかったらしいふたりは驚きの声をあげるが、負傷したあの人を救い出すには彼の仲間より距離がずっと近く、さらに回復系の能力を持つ俺が行くしかないのだ。

体をかがめて目立たないように移動しつつ、なんとか負傷者のもとへとたどり着く。

「大丈夫か？」

「あっ、あう……」

もはやまともに声すら出せなくなっている。

このままでは戦いが終わるまでもたないぞ。

「やるしかないな」

ついさっき能力を発動させたばかりなのでうまくいくかどうか分からないし、連続で使うことで俺の身になにか変調が訪れるかもしれない。

――それでも、目の前で苦しんでいる人をこのまま放置しておくわけにはいかない。この気持ちが俺を突き動かした。

正直、自分がここまで誰かのために動けるなんて思ってもみなかった。自分自身の気持ちなのにちょっと戸惑っている。

でも、彼を救いたいというのは間違いなく嘘偽りのない本心だ。

「待っていろ。すぐ助ける」

これまでやってきた通りの方法で男の傷を癒していく。

命に関わる重傷なだけあって、マナの傷や俺の疲労を回復させた時とはわけが違った。

それでも祈るような気持ちで癒し続けた。

一方、戦闘の方にも大きな動きが。

「ぬぅん！」

リーダー格の男が一瞬の隙を突き、手にした斧で巨大クマの首を撥《は》ね飛ばしたのだ。

地面をバウンドしながら転がっていく巨大クマの首。

それを見た男たちは地鳴りのような歓声をあげた。

「ふぅ、なんとかなったか」

太い腕で額の汗を拭い、勝利の余韻に浸るリーダー格の男――だが、まだ戦いは終わっていなかった。

驚くべきことに、首を撥ね飛ばされたはずの巨大クマは倒れずに男たちへ襲いかかったのだ。

「っ！　危ない！　ヤツはまだ死んでないぞ！」

浮かれている彼らに忍び寄る巨体の存在をありったけの大声で伝える。

「バ、バカな⁉」

リーダー格の男は完全に油断していた。

そりゃあ、首もないのに動き回るようなタフすぎる相手なんてそうはいないからな。

だが、現実に巨大クマはまだ健在で、戦闘意欲も十分。

鋭い爪で攻撃をしようとしたが、直後、視界が突然真っ白になり、轟音が鳴り響いた。

「こ、この音は……落雷か⁉」

確かにそう聞こえたが、空は雲ひとつない快晴。

雷が落ちたような音と衝撃だったが、勘違いだったのか。

しかし、男たちを襲おうとしていた巨大クマは黒焦げとなっており、プスプスと音を立てながら異臭を放っている。

落雷は間違いなくあった。

巨大クマの状態がそれを物語っている。

とはいえ、恐らく自然現象ではない。

原因はどこにあるのかと周囲を見回していたら、不意に二本角のマナと目が合った。

よく見ると、彼女の全身からは煙が上がっており、足元の草花はなにかに焼かれたようで真っ黒に焦げていた。時折、バチバチって音も鳴っているようだけど、あれはひょっとして雷撃を放った後だから？

「まさか……君がやったのか？」

俺が問いかけると、マナは静かに頷いた。

もうひとりのティナは口から炎を吐けるのだから、マナが雷撃を操れてもおかしな話ではない。

現に巨大クマは倒され、誰ひとりとして命を落とさなかった。

もちろん、治療中だった男も危険な状況は回避でき、傷口はふさがって出血も止まり、呼吸も安定していた。

戦闘も治療も最大の山場は脱したようだな。

大歓声を耳にしながら、緊張の糸が切れたこともあってか「ふうぅ！」と大きく息を吐き出してその場に座り込む。

すると、背中に小さなふたつの衝撃が。

振り返ると、大号泣しているティナとマナの姿があった。

今になって怖くなってきたのかな。

泣きじゃくるふたりを落ち着かせようと、「もう大丈夫だから」と声をかけながら頭を優しく撫でる。

焚き火の件ではティナに助けられ、今回はマナの雷撃の世話になった。このふたりがいなければ、俺は昨夜の段階でモンスターに襲われてくたばっていたかもしれないな。

騒動が一段落ついて冷静さを取り戻し始めた頃、今度は巨大クマと戦っていた男たちが俺たちのもとを訪れる。

ティナとマナはまだ俺以外の人間に対して恐怖心があるらしく、すぐに背中へと隠れてしまう。

……いや、俺でも怖いぞ、この人たち。

なんかもう人相がおっかない。

そんな男たちの間を縫うようにして、リーダーが近づいてくる。鍛え抜かれた全身から放たれる圧倒的なオーラは、周りと比べ物にならない。

「俺の名はダズ。こいつらをまとめている者だ。君たちは？」

ダズと名乗った大男は戦闘時と打って変わって落ち着いた口調だ。年齢は俺と同じくらいだろうか。

「お、俺の名前は宮原優志だ。この子たちはティナとマナで俺の仲間だ」

「ミャーラ・ユージか。随分と変わった名前だな」

「いや、宮原――うん。よくそう言われるよ」

「変わっているといえば、服装もこの辺りでは見かけないものだな。素材も異なるようだが、よその国から来たのか？」

「あ、ああ、そうだ」

上下揃いの紺のスーツなんてこの世界じゃ見かけないだろうし、彼の反応はごく自然なものと言える。

あとは異世界から転移してきた点については黙っておいた方がよさそうかな。余計なトラブルのもとになりそうだし。

それにしても、宮原ってこの世界の人たちにとっては発音しづらいのか？

まあ、そっちの方がこちらの人っぽく聞こえるし、もうそれでいいかな。

俺との自己紹介が終わると、ダズの視線はティナとマナへ向けられた。

「先ほどの雷撃はそっちの二本角の子が放ったもので間違いないな？」

「そ、そうだ」

「ふぅむ……」

腰を下ろし、幼いふたりと同じ目線に立つダズ。

子どもの扱いに慣れているな。

やはり普段から怖がられているのか？

「俺は君たちの敵じゃない。お礼を言いたいんだ。助けてくれてありがとう。君たちのおかげで俺たちは誰ひとりとして命を落とすことなくクエストをやり遂げられた。心から感謝しているよ」

「「っ！」」

大きな体を小さく折り曲げてお礼の言葉を口にするダズの姿を見て、ティナとマナの警戒心が緩み、笑顔を見せた。

子どもは敏感だからな。

きっと、ダズの言動に偽りがないと確信したからこそ、彼に笑顔を向けられるのだろう。

「もちろん君にも感謝しているぞ、ユージ」

「いや、そんな、とにかく無我夢中で……」

なんの計算もなく、傷ついた人を助けたいという一心での行動だった。それがかえって彼らの信頼を得るのにつながったようだ。

「しかし、君が腕のいい回復士だったとはね。窮地には陥ったが、俺たちも運がいい」

「っ!?　さっきの力についてなにか知っているのか!?」

思わず前のめりになって尋ねる。

ダズもまさか俺がここまで食いつくとは思っていなかったようで驚いていた。

「なんだ、自分の能力についてなにも知らないのか？」

「お、お恥ずかしながら」

「ならいい人を紹介してやる。助けてくれたお礼だ。あと、今日は酒盛りをやるからおまえも参加していけよ」

「い、いいのか？」

「どのみち彼女がいるリーフ村には、今から帰ろうとすると途中で日が暮れちまう。今日は少し進んでから適当な場所で夜を過ごし、明日の朝一に帰るつもりなんだ」

リーフ村。

距離としてはまだかなりあるようだが、ちゃんと人が生活できている場所がある。それを知れただけで大収穫だ。

けど、あのままあてもなくさまよい続けていたら一生抜け出せなかったかもしれないな。そう思うとちょっと寒気がするよ。

命があることに感謝していると、俺が助けた男性からも泣きながらお礼を言われた。

なんでも最近結婚したばかりらしく、いきなり奥さんをひとりにしてしまうかもしれないと絶望していたとのこと。

ますます助かってよかったよ。

他の負傷者は軽傷のようで、問題なく移動できると豪語していた。

タフな人たちだなぁ。

「よっしゃ！　そろそろ出発するぞ！」

リーダーのダズが呼びかけると、あちこちから勇ましい返事が聞こえる。

せっかくの機会だと思い、俺は歩きながらダズにそれとなくこの世界のさまざまな事情について尋ねていった。

「みんな冒険者なのか？」

「まあな。普段の仕事はダンジョンでやるんだが、今回は近隣の農村の作物を食い荒らすおっかないモンスターに悩んでいるっていうんで山へ入ったんだ」

やっぱりあいつはモンスターだったのか。

あと、ダンジョンも存在しているらしい。めちゃくちゃ危険な場所なんだろうけど、一度は行ってみたいな。

「ユージは冒険者じゃないのか？」

「あ、ああ、俺は……商人だよ」

地方企業の営業職なんて言っても理解はしてもらえないだろうから、この世界で通じそうなワードでたとえてみた。

すると、ダズの口から予想外の言葉が飛び出す。

「商人かぁ。勿体ないなぁ」

「勿体ない？」

「いや、詳しく調べてみないと分からないが、恐らくおまえの持つ能力は回復系が中心となるいわば回復士のものだろう」

それはなんとなく俺も察している。

「回復士としてあれほど凄い腕を持っていれば、ハイランクパーティーからも引く手数多だろうに」

「そ、そうなのか⁉」

自分ではまったくそんなつもりがなかったので思わず大きな声が出てしまった。

だが、俺以上にダズの方がビックリしている。

「本当になにも知らないんだな。普通、希少な回復系のスキルを授かったら冒険者パーティーへ売り込みに行くヤツがほとんどだぞ」

「ま、まあ、いろいろあってね」

ダズの発言から、新たにふたつの事実が発覚した。

ひとつは俺の持つ能力はスキルから来るものであり、おまけに回復系スキルを持つ者はこの世界で希少な存在として扱われる。

このふたつの情報は、今後の俺の身の振り方に大きく関与する。

もっと詳細を知りたいところだが、ダズが把握している情報はそれくらいらしい。

ただ、目的地であるリーフ村に詳しい人物がいると教えてくれた。

それからも冒険者事情について話を聞いているうちに、少し開けた場所へと出る。

ダズ曰く、ここは中継地点で行きもここでキャンプをしたようだ。

「野郎ども！　テントの準備だ！」

「「「「おぉう！」」」」

ムキムキの男たちは手際よくテントを設営し、さらに夕食の準備を始めた。

ちなみに食材は先ほど仕留めたクマの肉。

いわゆるジビエ料理ってヤツか。

クマとかイノシシの肉って獣感が凄いらしいけど、実際どうなんだろう。ていうか、ここは異世界なんだから前の世界のイメージとまったく違うかもしれない。

ただ見ているだけっていうのも悪いので、俺とティナとマナも不慣れながら料理の手伝いを買って出た。

といっても料理の経験はお互いほとんどないので、もっぱら雑用を担当する。

「きぃっ！」

「おっ、ありがとな、お嬢ちゃんたち」

ティナとマナは肉を焼くための薪を渡したり、食器を配ったりと自分たちのやれる仕事を一生懸命にこなしていた。

辺りが暗くなる前にすべての用意が調った。

「よっしゃあ！　クエスト達成を祝して乾杯だぁ！」

リーダーであるダズの音頭で酒盛りがスタート。

正直、俺は酒があまり強い方ではないのだが、初めて飲む異世界の酒はそんな俺でも素直にうまいと言えるくらい飲みやすかった。

酒だけではなく料理も絶品だった。

クセの強さを警戒していたクマの肉も臭みがなく、とてもおいしい。料理好きのパーティーメンバーが作った野菜ベースのタレもよく合う。

ティナとマナもクマ肉を使った料理にご満悦だった。

さすがに酒を飲ませるわけにはいかないので、ダズたちが持っていた果実ジュースを分けてもらい、それで酒盛りの気分を味わっている。

料理をする際に口から吐く炎を披露したティナと、雷撃で巨大クマにトドメを刺したマナは冒険者たちの間ですっかり人気者となっていた。ちょっと怯えた仕草も見せていたが、次第に慣れていって後半は楽しそうだった。

孤独感に苛まれそうになっていた異世界生活のスタートであったが、ティナ、マナ、ダズたちとの出会いで望外な楽しい時間を過ごせた。

できればこれからもこんな調子で生きていきたい。

そんなことを思いながら、異世界で迎える二度目の夜は更けていくのだった。

第二章　冒険者デビュー

大盛り上がりのまま終了したダズたちとの宴会。

とても楽しくて酒も料理も最高だったのだが、おかげで翌日は二日酔いが心配されていた。

しかし、これが意外となんともない。

これもまた異世界の酒だから？

とにかく、俺は万全のコンディションで爽やかな朝を迎えられた。

「よぉ、ユージ。早起きだな」

「おはよう、ダズ」

寝起きのティナとマナを連れてテントを出ると、すっかり意気投合したダズやパーティーメンバーたちと朝の挨拶を交わす。

彼らのパーティー名は緋色の月《スカーレット・ムーン》というらしく、メンバーは十六人いて、ほとんどが十代後半から二十代前半の若者で構成されている。目的地であるリーフ村の冒険者ギルドを拠点に活動しているとのこと。

そういえば、昨日の宴会の際、パーティーメンバーのひとりから聞いたのだが、ダズはもともと上位ランクの冒険者パーティーに所属しており、幹部として辣腕《らつわん》を振るっていたが、もっとのんびりやりたいとこちらへ移住してきたとか。

話を聞く限り、田舎町の冒険者に収まりきるような器ではないようだな。

確かに、昨日の戦いぶりも他に比べてレベルが違っていた。

首を落とされても生きていた巨大クマの奇襲はマナの雷撃によって防がれたが、あのままにしていても彼ならあっさりカウンターを決めてぶちのめしていたかもしれない。

その後、軽く朝食を済ませてからリーフ村へ向けて出発するのだった。

◇◇◇

長かった森での移動がようやく終わりを迎えようとしている。

「見えたぞ、あれがリーフ村だ」

歩き続けて数時間後。

そろそろ昼ご飯かなと思い始めていた頃になって、ようやく目的地であるリーフ村が見えてきた。村と呼ばれているくらいだから、ギルドの周りに小さな家屋が数件点在している程度の規模かと勝手に想像していたが、実際はそれよりもずっと大きかった。

一歩足を踏み入れると、まず人の数の多さに驚かされる。

これもまたいい意味で予想を裏切られたな。

ただ、初めてたくさんの人間を目の当たりにするティナとマナはまだ慣れない様子で、俺の足にしがみついて離れようとしない。

少々歩きづらいのだが、ふたりの不安がこれでまぎれるのなら安いものだ。

「なかなか大きい村なんだな」

「まあ、ギルドもあるし、歩いていける距離にダンジョンが三つ存在しているからな。そこらの農村に比べたら大きくなるだろうよ」

近隣にダンジョンが三ヵ所もあるのか。

周りが深い森に囲まれているため、気軽に挑戦できる立地条件じゃなさそうだ。

俺たちは軽く腹ごしらえをしようと、ダズの知り合いの農家さんから野菜を購入。ギルドへと向かいながらトマトに似た野菜をかじりつつ、世間話に花を咲かせた。

「ダズたちはここを拠点にして長いのか？」

「三年くらいになるかな。それでも、まだどのダンジョンも完全攻略できているわけじゃないんだ」

「そ、そうなのか？」

「ああ。田舎町のダンジョンだからって舐めていたら痛い目を見るぞ。もし中に入る気があるっていうなら、俺たちの探索に同行するか？　なんて――」

「ぜひお願いするよ」

「えっ？」

「うん？」

どうやらダズ本人は冗談半分で口にしたようだけど、俺はそれを真に受けてしまった。

「俺たちと一緒でいいのか？」

「むしろこっちからお願いしたいんだけど？」

「だが、昨日も言ったようにおまえさんの能力ならもっと上位ランクのパーティーでも仲間に入れてくれるぞ？　こいつは世辞で言っているんじゃない。純然たる事実だ」

「それでも俺は緋色の月《スカーレット・ムーン》の一員になりたい。これもお世辞なんかじゃなく、本当に素晴らしいパーティーだと思えたからさ」

「ユージ……」

最初に俺が自分のスキルや冒険者事情について無知であると告げた際、失敗したと思っていた。

こちらがなにも知らないのにつけ込んで騙されるんじゃないかって不安があったのだ。

しかし、ダズは欺いたりするようなマネをせず、回復士としての価値を正しく教えてくれた。

しかも、自分たちといるよりも条件のいいパーティーへ移籍するべきと勧めてくれたのだ。

けど、俺からすれば緋色の月《スカーレット・ムーン》ほど過ごしやすいパーティーはないと思っている。

まだ他のパーティーとは会っていないけど、職場環境は悪くない。ダズの真っ直ぐさがパーティーにも浸透しており、本当に気のいい連中が集まっている。

だから、ダズたちが必要としてくれるなら、ここで力を発揮したいって思えたのだ。

「嬉しいことを言ってくれるじゃないか」

「本心だからな？」

「はっはっはっ！　分かっているさ！」

上機嫌に笑いながら俺の背中をバシバシと叩くダズ。

喜んでもらえたようでなによりだよ。

「そうと決まったらギルドへ行ってパーティー登録しないとな！　どのみちリウィルには報告をしておかないといけねぇしな！」

「リウィル？」

「リーフ村の村長兼ギルドマスターだ。彼女の父親が先代を務めていたんだが、一年ほど前に病が原因で亡くなってしまってな……まだ若い子だが、父親譲りのガッツと人懐っこさで周りからも信頼されているよ」

そんな人がいるとは驚きだな。

勝手なイメージだけど、冒険者って荒い性格の人が多そうだからギルドマスターが若い女性ってだけで反発しそうな感じがする。

けど、ダズたちのリアクションからして受け入れられているだけじゃなく、周りからの信頼もしっかり得られている……かなりのやり手みたいだな。

「ちなみに、おまえさんのスキルについて詳しい解説をしてくれるのもさっき言ったリウィルだよ。彼女は鑑定スキル持ちだから、どんな能力を秘めているか詳細に教えてくれるはずだ」

「そうだったのか」

鑑定スキルか。

ギルドマスター自身が鑑定をしてくれるとなったら、冒険者にとっても信頼できるし嬉しいだろうな。

そういったわけで、俺はパーティーのメンバー登録とスキル鑑定をしてもらうべくリーフ村唯一のギルドへと足を運んだ。

そこは村の中心にあり、遠くからでもひと目で分かるほど大きな建物だった。

二階……いや、このサイズだと三階はありそうだな。

ティナとマナはあまりの大きさに口が半開き状態となりながら見上げている。

「ギルドは初めてか？」

「あ、ああ……どこもこんなに大きいのか？」

「基本的には大きいな。ただ、ここの場合はダンジョンの規模と見合っていないようにも思えるが、それは村長の自宅も兼ねているからだな」

「なるほど」

自宅兼ギルドってわけか。

それならこのサイズも納得だ。

「リウィルはいいヤツだからきっとおまえさんたちも気に入るだろう。そっちの怯えているお嬢ちゃんたちも安心できるはずだ」

ダズがふたりへ微笑みかけると、コクリと頷いた。ここへきてようやく彼が危険な存在ではないと認識し始めたようだな。

とにかくまずはダズの言っていたリウィルって女性に会わないと。

そう思い、俺はダズに続いてギルドへと足を踏み入れた。

外見から察せられる通り、内部はかなり広い。受付カウンターのような場所では職員と冒険者たちが談笑をしており、奥にいくつかあるテーブルでは食事をしたり、探索の打ち合わせをしたり、中には昼間なのに酒盛りをしている者もいて賑わっていた。

これが……冒険者ギルドか。

思っていたよりも活気があるし、利用している人たちも荒くれ者という印象は受けない。当初思い浮かべていたギルドのイメージと多少異なるが、俺にとっては嬉しい誤算だ。もっとこう殺伐としている感じを想像していたし。

「おっ、いたいた。リウィル、今戻ったぞ」

辺りをキョロキョロと見回していたら、ダズがお目当ての人物を発見したようで声をかけた。

視線をそちらへ向けると、立っていたのは「おかえりなさい」と言いながら柔らかな笑みを浮かべるショートカットの金髪に青い瞳をした二十歳くらいの若い女性だった。

「例のクマだが、バッチリ仕留めてきたぜ」

「ありがとうございます。これで近隣の村に住む人たちも安心して過ごせますよ。早速使いを送って――あら？」

ダズとの会話中、不意にリウィルと目が合った。

「新しいメンバーが加わったんですか？」

「今回の戦闘中で偶然出会った旅の者で、名前はミャーラ・ユージっていうんだ」

「ユ、ユージです」

もうその呼び方がすっかり定着してしまっているな。

まあ、呼びやすいならそれでいいけどね。

「ユージさんですね。初めまして。ここでギルドマスター兼リーフ村の村長を務めております、リウィル・カルナードと申します」

ペコリと丁寧に頭を下げるリウィル。

言動のひとつひとつから育ちのよさがうかがえるな。

自己紹介を終えると、早速ダズがメンバー加入手続きについて持ちかけた。

「今後ユージは俺たち緋色の月《スカーレット・ムーン》の一員として活動していく予定だ」

「なら、メンバー登録をしないといけませんね」

リウィルはポンと手を叩くと、「こちらへどうぞ」とカウンターの方へと案内してくれる。

途中、彼女は俺についてきているティナとマナの存在に気づいた。

「えぇっ⁉　可愛い！　この子たちはユージさんの娘さんですか⁉」

「い、いや、そういうわけじゃないよ」

ふたりを見てテンションが爆上がりとなるリウィル。

あまりの変貌ぶりにティナとマナは驚いたようで、俺の足にしがみつく。

「あっ、ご、ごめんなさい。驚かせるつもりはなかったの」

「やれやれ、リウィルの可愛い物好きには困ったものだな」

苦笑いを浮かべているダズ。

彼の口ぶりから、このような反応は割と日常茶飯事なのだろうと推察できる。

「でも、竜人族の子どもなんて珍しいですね。それも双子なんて」

「竜人族？」

いきなりティナとマナの正体が発覚したことに驚いて尋ねるも、俺の質問に対して今度はリウィルの方が驚いていた。

「し、知らなかったんですか？　滅多に人前へ姿を現さない種族なんです！　出会えるだけでも強運ですよ！」

興奮気味に語るリウィル。

これはダズも知らなかったようで、彼はトカゲの獣人族だと思っていたようだ。

凄まじい熱量で竜人族の素晴らしさを説くリウィルだが、その迫力にティナとマナが怯え始めていた。結果として、リウィルとの心の距離がさらに広がってしまうこととなり、それに気づいたリウィルはがっくりと肩を落とす。

……気を取り直してカウンターへと移動。

そこで紙を渡され、記載されている情報を書いてほしいとお願いされたのだが……この世界の文字ってなんだ？

言語に関しては通じているし、登録用紙に書かれている内容も理解できるので読みに関しても問題はなさそうだ。この流れなら、日本語で書いても通じるんじゃないか？

とりあえず漢字で《宮原優志》と記入してみる。

すると、リウィルは「はい。それではいただきますね」と言って用紙を受け取った。言語関係については、なにか補正が働いているのかな。

「それと、ユージのスキル鑑定もお願いしたいんだ。実は回復士として優れた資質を有しているようなんでね」

「よかったじゃないですか。ダズさんはずっと回復士の加入を熱望していましたものね」

「ああ。しかし、実際どれほどのレベルなのかは本人も分かりかねているようでね。これを機にハッキリさせておきたいんだ」

「分かりました。それではこちらの部屋で鑑定しますね」

「あ、あぁ、よろしく」

「そんなに緊張しなくていいですよ？」

クスッと小さく笑いながら、リウィルは俺を受付の奥にある部屋へ通してくれた。

そこは六畳ほどの広さで、中心部に横長の机が設えてある。

椅子は向かい合うように置かれており、そこへ俺とリウィルがそれぞれ着席。

ちなみに、部屋の広さの関係から中へ入ったのはふたりだけ。

押し込めば他の三人も収まりそうだが、スキルを使用するリウィルが集中できるようにとの配慮から部屋の外で待機中だ。

ティナとマナは俺に置いていかれると思ったのか、なかなか足を離さなかったけど、なんとか説得して今に至る。

「ふふっ、なんだか本当のお父さんみたいでしたよ？」

「回復スキルでマナの傷を癒してから、どうにも懐かれてしまって……いや、悪い気はしないんですけどね」

そんな世間話を織り交ぜつつ、いよいよスキル鑑定が始まった。

まずリウィルはそっと両目を閉じる。

「それではユージさん、私の目をジッと見つめてください」

「目って――――っ⁉」

閉ざされていた彼女の目が開いた瞬間、俺は思わず絶句した。

青空のように澄んでいた瞳が金色に輝いている。きっと、鑑定スキルが発動しているからこその変化だろう。

「なるほど……これは……」

金色に変化した瞳で見つめられる。

最初は驚きが勝っていたけど、だんだんこっちがどこへ視線を向けてよいやら分からなくなってきた。

いい年をしたおっさんが若い女性に見つめられて照れるなど、我ながら情けない話ではあると思うが……こればっかりはなぁ。あとリウィルが美人というのも緊張している要因のひとつだろうな。

「はい。終わりました」

見つめ続けられることおよそ五分。

あっさりとスキル鑑定は終わりを告げる。

この世界でしか味わえないイベントだったが、途中から緊張が増してほとんど覚えていなかった。ちょっと勿体なかったな。

「どうかしましたか、ユージさん」

「い、いや、なんでもないよ。それより、俺の持つスキルって、具体的にはどんな効果があるんだ？」

「それについてはダズさんたちも交えて説明したいと思いますので、一度部屋の外へ出ましょうか」

「そ、そうだな」

リウィルの指示に従い、俺たちは部屋を出る。

すると、結果を待ち構えていたダズと緋色の月《スカーレット・ムーン》のメンバー、そしてティナとマナが集まってきた。みんな俺のスキル効果が気になっているようで、リウィルは場所を変えて発表すると、みんなをギルド内にある別室へと案内した。

そこは応接室らしく、先ほど鑑定してもらった部屋と違ってとても広く、ソファやテーブルなど家具も充実している。

俺とダズ、そしてティナとマナのふたりはソファへと腰かけ、緋色の月《スカーレット・ムーン》の面々は立ったままリウィルからの発表を今や遅しと待っていた。

全員が部屋に集まったのを確認すると、「コホン」と咳払いを挟んでからリウィルは鑑定結果を告げる。

「ユージさんの持つスキルはズバリ――【癒しの極意】です」

「い、【癒しの極意】？」

スキルの名前を聞いた途端、室内は静まり返った。

「き、聞き慣れないスキル名だが、名前からしてやはり回復特化型なのか？」

「そんな生やさしいレベルじゃないですよ。【癒しの極意】といえばこれまでに数件しか発見例のない超希少なレアスキルです」

「「「「えぇっ!?」」」」

これには俺だけでなく、状況を理解できていないティナとマナを除いた全員が驚きの声をあげた。

「ようはとてつもなくレアなスキルってわけね。で、肝心の効果はどうなんだ？」

全員が「希少スキル」という単語に踊らされてついつい見落としていたが、重要なのはダズが尋ねた部分だ。

たとえ持ち主が少ないスキルであっても能力的に優れていないのでは意味がない。前世でやっていたゲームでも、入手困難な割に使いづらい武器とかあったからな。

そうでないよう祈りながら、リウィルの言葉を待つ。

彼女の口から放たれたのは——待ち望んでいた答えだった。

「希少なだけあって能力も凄まじいですよ。回復系スキルの中では文句なしの最上位。もしかしたら、現在確認されているすべての冒険者パーティーの中にひとりも存在していないのではないでしょうか」

珍しいのにはきちんとした理由があるわけだ。

ただ、ここまでの情報は抽象的なものが多くていまひとつ凄さが伝わってこない。

実際に俺はここに来るまでマナと緋色の月《スカーレット・ムーン》のメンバーふたりをスキルの力で助けてきた。

あれ以外にどんな能力が使えるのか、そこが知りたい。

湧いてくる探求心をリウィルへ伝えると、彼女は応接室にある本棚へと向かい、そこから一冊の本を取り出して俺に渡した。

「この本には回復系スキルによって使える能力について、確認されている数百種類が網羅されているのですが、あなたはそのすべてを使いこなせるはずです」

「こ、これ全部か⁉」

渡された本はちょっとした国語辞典並みの厚さがある。試しにペラペラとめくってみたが、めまいを起こしそうなほど細かな文字がびっしりとお行儀よく並んでいた。

これ全部読み終えるのにいったいどれほどの時間がかかるのか。

ただでさえ活字は苦手なのに。

げんなりしていると、それを察したリウィルが嬉しい情報をくれた。

「平均的な魔力量であれば一日に二、三回ほど使用すると魔力が尽きてしまうのですが、あなたの場合は心配無用ですね」

「なぜだ？」

「ユージさんは普通の人と比べて魔力量がとんでもなく多いんですよ。これならどれだけ使っても魔力が尽きる心配もないでしょう」

便利なスキルに加えて、魔力量も常人離れしているとはな。まあ、スキルを使い放題できるっていうのはありがたい。

「スキルの能力については、本能的に体が動くケースが多いようですよ。マナちゃんたちを助けた時だってそうだったんじゃないですか？」

「っ！　い、言われてみれば……」

初めてスキルの能力を使用した時がまさにそうだった。

事前に知識がなくても、状況に応じて体が反応するってわけか。

「とはいえ、不確定の状態でダンジョンを探索するのは不安でしょうから、時間がある際にそちらの本で知識を持っておく方がいいと思います」

「だね。ありがとう、リウィル」

「いえいえ。私としても非常に珍しい【癒しの極意】を持った冒険者と知り合えて嬉しいですから」

「リウィルはスキルマニアなんだよ。世界中にどんなスキルが溢れているのか調べるのが趣味なんだ」

「だって凄いじゃないですか！　魔法が使えなくたって、スキルがあれば可能性は広がっていくんです！　スキルとはまさに神が人に与えてくださったギフトなんですよ！」

熱く語り始めるリウィル。

うんうん。

どんなジャンルにおいても、「好き」を突き詰めるとこういうオタクっぽさは出てきちゃうよな。よく分かるよ。

ともかく、俺のスキルについてはいろいろと判明した。

同時に、もっと試してみたくなった。

なにができるのか。

どこまでやれるのか。

……なんか、こんなにも意欲的になにかへ取り組むような姿勢って、ここ最近なかった気がするな。そもそもこれまでの人生の中で一度もなかったんじゃないか？

大体いつも中途半端で、成し遂げたことなんてひとつもない。

途中で投げ出してばかり。

常に逃げ道を探しているような生き方だった。

でも、この世界に来て、【癒しの極意】って凄いスキルを授かり、俺の中でなにかが大きく動き出そうとしている。そんな予感があるのだ。

ぎゅっと拳を握ると、タイミングを計ったかのようにダズが口を開いてある提案を持ちかけてきた。

「よっしゃ！　ユージのスキルがなんなのか分かったことだし、これからダンジョンへ行ってみないか？」

「ダ、ダンジョンへ？」

「スキルの全貌が明らかになったとは言い難いが、以前より詳しい情報は手に入ったんだ。実際に試してみたいんじゃないか？」

口には出していないが、ダズはこちらの気持ちに勘づいていたようだ。

「ダズの言う通りだよ。まるで心を見透かされているようだな」

「そんな大層なもんじゃないさ。スキルを授かった時は大抵みんなそうなる」

なるほど。

俺が抱いているこの気持ちは、スキルを手にした者の通過儀礼といったところか。

「そうそう。パーティーのメンバーについてなんだが……よければティナとマナも登録をしておかないか？」

「えっ？　ふたりを？」

「ああ。あの炎と雷撃は俺たちにとって凄まじい戦力になる。ただ、最終的な決定権はユージに任せるよ」

「……いや、判断は彼女たち自身に任せるさ」

俺だってティナとマナのふたりと知り合った時間はダズたちとほんの一日しか違わない。一応、現段階では保護者って立ち位置ではあるが、そんな重大な決断を俺が下すのもおかしな話だ。

というわけで、俺は視線をティナとマナへ向ける。ふたりはダズとの会話を聞いており、これからなにをすべきかもきちんと理解しているようだった。

「ユージ！　いっちょ！」

「がんばう！」

ティナもマナも、「一緒に頑張る」と自分の気持ちをしっかり言葉にして俺たちへと伝えた。

「決まりだ。——リウィル」

「すでに用意はできていますよ。はい、どうぞ」

スキルへの溢れる愛が収まったリウィルから改めて用紙を二枚もらい、そこにティナとマナの名前を書く。

こうして、ふたりも晴れて緋色の月《スカーレット・ムーン》の一員となった。

「今日は本当にめでたい日だ！　頼もしい仲間が一気に三人も増えたんだからな！」

ダズがそう言うと、周りからも賛同するように「おおぉ！」と雄叫びがあがる。

「それじゃあ早速ダンジョンへと行こうか！」

「もちろん。って、言いたいところではあるんだけど、ひとついいかな？」

「なんだ？　遠慮なく言ってみろ」

「新しい服が欲しいんだ。こいつはちょっと動きづらくて」

なにせ外回りの帰りに発生したトラックとの交通事故が引き金（？）になってこの世界へとやってきたのだ。安物のスーツにブランドもよく分からないペラペラの革靴でダンジョンを歩き回るのはキツい。そもそもあの森からここへ来るまでの間も苦労の連続だったし。

ただ、お願いをしておいて俺はあるミスに気づく。

物を手に入れるために必要なお金を一切持っていなかったのだ。

一応財布はあるけど、絶対この世界の通貨は円じゃないよなぁ。

どうしようかと困っていると、受付のカウンターに「ドン！」と重量感ある音とともに麻袋が置かれた。

「金なら心配するな。巨大クマ討伐クエストの報酬がある」

「で、でも、それはダズの――」

「ヤツにトドメを刺したのはティナの雷撃だし、おまえさんには仲間を救ってもらった恩義もある。全部俺たちがもらうってわけにもいかねぇよ」

「ダズ……」

麻袋の中からこの世界の通貨を十枚取り出した彼は、それを俺に渡してくれた。

「これだけあればギルド内にある店で新しい服を調達できるはずだ。この子たちの分も含めてな」

そう言って、ダズはティナとマナの頭を撫でるようにポンと手を置く。ふたりは嫌がる素振りも見せず、むしろ目を細めて喜んでいるようだ。すっかり懐いたようで俺も嬉しいよ。

「ダズの言う通りだ。ふたりもこれから同じ冒険者としてダンジョンに入るんだから相応しい格好をしなくちゃな」

「なら、彼女たちの服は見繕いますよ」

「よろしく頼むよ」

リウィルの申し出はありがたかった。俺にはこの世界におけるファッションセンスってヤツをまったく理解していないからな。……まあ、前にいた世界でもセンスのある方じゃなかったので、自分の服選びにも苦労しそうだが。

俺たちは早速ギルドの一角にある店へと移動。

ここには日用品の他にも武器やら防具まで取り扱っている。規模は小さいが食堂も併設されていた。まさに異世界コンビニって感じだな。

「どんな服がいい？」

「機能性を重視したいかな」

服装に関してはあまりこだわりがない。

よほどおかしなデザインとかでなければ、あとはやはり使い勝手に注目をしたいところだ。

いろいろと見て回った結果たどり着いたのは、緋色の月《スカーレット・ムーン》のメンバーが着ている物とよく似ているデザインの服となった。

使われている素材は柔軟性があって動きやすく、ズボンにいくつかあるポケットには冒険に必要な小さなアイテムをしまっておける。見てくれの豪華さよりも機能性を重視した服装で、無難といえば無難なチョイス。個人的にはなかなかいい感じじゃないかなって思う。

一方、ティナとマナも俺と同じような動きやすさを重視した服で決まった。

「できればもっといろいろと着てもらいたい衣装はあるのですが……それはまた今度の機会にしましょう」

見繕ってくれたリウィル的にはもっと堪能したいようだが、まあ、ティナもマナも新しい服が着られて嫌そうにしているわけじゃないからいいのかな。

あと、これまで着ていた服に関してはなにが起こるか分からないので念のため保管しておくことに。

それから案内されたのはギルドのすぐ横にある宿屋。

ここは月に一度家賃を支払えば部屋を借りられ、いわばアパートみたいな利用もできるらしく、リーフ村を拠点としている冒険者の多くが利用していた。

人口の少ない村で土地も余っているため、この地を治めるフォンダース家の先代領主からのアドバイスを参考に、今のスタイルへたどり着いたとリウィルは教えてくれた。

それにしても……領主か。

この世界には貴族って連中がおり、中には圧政で民を苦しめている者もいるらしい。幸いにもフォンダース家は話の分かる人物だったようで、これまでに困らされたことはないそうだ。

ただ、最近になって先代領主が病で亡くなり、代替わりしたらしい。

リウィルたちもまだ新しい領主とは顔を合わせておらず、どんな人物なのか気になっているという。

俺もちょっと気になるが、それよりもまずはダンジョン探索だ。

着替えを終え、新しい家となる宿屋の一室に荷物を置いてから再びギルドへと戻る。

ちなみに、ティナとマナも同じ部屋で過ごすことになった。さすがにまだ小さいふたりだけで過ごすのは難しいだろうからな。

ダズたちと合流すると、すぐさま移動開始。

「頑張ってくださいね。くれぐれも無茶はしないように」

「気をつけるよ。じゃあ、行ってくる」

リウィルに見送られて、リーフ村の北にあるダンジョン入口へと向かう。

移動中、ダズからダンジョンについて簡単な知識を授けてもらった。

「さっきも話したが、リーフ村から歩いていける距離に三つのダンジョンがある。これから向かうのはその中でも一番攻略難易度の低い初心者向けのダンジョンで、冒険者の間ではグリーン・バレーと呼ばれている」

「グリーン・バレー……」

いったいどんな場所なのか。

ワクワクしながら歩いているうちに、目的地へと到着。

運動不足の俺には移動だけでもなかなか大変な距離だったが、スキルの能力で疲労を癒せるのは助かるな。

スキルを使用するには微量ながら魔力を消費するとリウィルから教わったが、俺は魔力の量が常人よりも遥かに多いらしく、おかげで気にせず回復系スキルを使用できる。ありがたい限りだ。

「ここがグリーン・バレーの入口だ」

ダズの視線の先にあるダンジョンの入口。パッと見は洞窟のように映った。ゲームに出てくる迷宮みたいなものをイメージしていたが、まったく違っていた。

しかし、ダズ曰く、ダンジョンにはさまざまな種類があるそうで、リーフ村近くにある残りふたつのダンジョンはここと雰囲気がまるで異なるという。

いずれそちらにも挑戦するのだろうけど、今から楽しみだな。

とはいえ、まずは三つの中でも優しい部類に入るこちらのグリーン・バレーを攻略しない限りは挑戦すら難しくなるだろう。

緊張しつつも、俺はダズをはじめとする緋色の月《スカーレット・ムーン》のメンバーとともに生涯初となるダンジョン攻略へ一歩足を踏み出した。

内部は薄暗く、発光する不思議な石を埋め込んだランプを手に進んでいく。

「変わった石だな」

「なんだ、魔鉱石を知らないのか？」

「魔鉱石？」

現代日本から転移してきた俺にとっては初耳の代物だな。

なので、ダズに説明を求めると彼は快く話し始めてくれた。

「魔鉱石っていうのは魔力を注ぎ込むだけでいろいろな効果を得られる鉱物を指すんだ。たとえばこいつはフラッシュって名の魔鉱石で、魔力を注ぐと一定時間このように光り輝く。魔力が切れたら別の魔鉱石に魔力を注ぎ込んで入れ替えればいいってわけだ」

「なるほど」

そんな便利な鉱石があるとは。

さすがは異世界だ。

魔力を注げば発動するというのはスキルと同じ原理か――って、なにげなく言ったけど、そういえば俺って魔力を持っているんだな。もとの世界じゃそんな特殊な力なんてなかったからいまひとつ実感が湧かない。この辺も機会があれば調べてみよう。

新たな異世界知識が増えたと喜んでいたところで、足元になにやら違和感を覚える。

何事かと視線を落としてみると、そこにはダンジョン内でありながら芝生のように草が生い茂っていたのだ。

「こ、これは……」

「おっ？　気がついたか？　これがこのダンジョンの名物であり、グリーン・バレーの名前の由来になっているんだ。もうちょっと進むとさらに面白い物が見られるぞ？」

さらに面白い物、か。

すでになかなかの衝撃を受けているが、それより凄い物とはいったいなんだろうか。

気になりつつもさらに奥へ進んでいくと、天井の高い開けた空間へと出た。そこは先ほどのような芝生だけでなく、背の高い木々があり美しい花々が咲き誇るまさにこれぞ大自然って光景が広がっていた。

「こ、ここがダンジョン⁉」

入った直後とはまるで雰囲気が変わり、思わずそんな疑問が口をつく。

周囲の風景は俺が目覚めた際にいたあの森とほとんど変わらない。とてもここがダンジョン内部とは思えなかった。

「驚くのも無理はないさ。俺もかつては世界中のダンジョンを見て回ったが……ここほど緑豊かで居心地のいい場所はなかったからな」

ダズの言葉に対し、俺は黙って頷き、表情を引き締めて気持ちを切り替える。

それを見ていたダズが感心したように呟いた。

「初めてのダンジョンだっていうのにしっかりと危機管理ができているじゃないか。その行動は正しいぞ。自分にとって都合のいい事態が発生した時はまず疑ってかかるべきだ」

「あ、あぁ」

当たり前の話だが、ダンジョン内部にいる以上モンスターとの遭遇も十分に考えられる。

いくらここが初心者御用達《ごようたし》のダンジョンとはいえ、どこになにが潜んでいるのかまったく分からない。常に警戒をしておくべきだろう。

そう思った次の瞬間、背後から悲鳴が聞こえた。

「うわあああああっ!?」

声に反応して振り返ると、パーティーメンバーのひとりが宙づり状態となっていた。

最初は空中に浮いているように見えたが、目を凝らしてみると足元に糸が巻かれている。

「あれは……」

「クモの糸だな。――来るぞ」

ダズの声のトーンが低くなった直後、バキバキと枝を折るような音を立てながらなにかがこちらへと近づいてくる。

「ティナ！　マナ！　こっちへ！」

非常事態だと察した俺は咄嗟にふたりを呼び寄せる。

炎と雷という高い戦闘能力を持つとはいえ、どちらもまだ子ども。ふたりも突然の事態に怖くなったらしく、猛然とダッシュして俺のもとへと戻ってくる。

同時に、音を立てていたクモが正体を現す。

「デ、デカい!?」

現れたのは十メートルはある超巨大なクモだった。

「気をつけろ！　アイアン・スパイダーだ！」

「ア、アイアン・スパイダー!?」

名前からして大体の特徴が読み取れるな。

「皮膚が鋼鉄のように硬く、口からは毒液を吐き出す！　それに触れたら跡形もなくドロドロに溶かされるぞ！」

「わ、分かった！」

ダズの声色と早口から焦りの色がうかがえる。

恐らくだが、あのアイアン・スパイダーとやらは普段滅多に遭遇しない、或いは目撃例のないモンスターではないか。そうでなければ、いつも落ち着き払っているベテラン冒険者のダズがあそこまで動揺するとは思えない。

そうこうしているうちに、宙づりとなっていたメンバーがゆっくりとクモの方へと移動を始める。正しくはアイアン・スパイダーが食おうとしているのだ。

「くそっ！」

リーダーであるダズは勇敢にも愛用している巨大斧を手にモンスターへと挑む。

「ぬんっ！」

渾身のひと振りを直撃させる――が、アイアン・スパイダーにかすり傷をつけることすら叶わず、弾き飛ばされてしまった。

ヤツに物理攻撃は効かない。

せめて魔法が使えれば状況を打開できるのに。

このままでは全滅するかもしれない。そんな嫌な考えがよぎった直後、アイアン・スパイダーは顔を持ち上げ、口から大量の毒液を吐き出した。このままではパーティーの大半が巻き込まれてしまう。

もうダメか!?

あきらめの気持ちが渦巻いた瞬間、俺は両手を挙げた。

……あの時と――マナの怪我を治療した時と同じだ。

特に理由も根拠もないけど、「こうしなければいけない」って強い衝動に駆られる。その流れのままスキルを発動させたのだが、今回は当然回復系スキルではない。

天井目がけて突き出した両手から放たれたのは淡い緑色の光。それは一瞬にしてパーティー全体を覆うように広がった。

「な、なんだ、この光は⁉」

放った俺ですら効果を把握していないので答えようがないのだが、これについてはすぐに判明する。緑色の光がアイアン・スパイダーの放った毒液を弾き返したのだ。

「す、凄ぇ！」

「あれって防御魔法か⁉」

「バカ言え！　うちのパーティーに魔法使いはいないだろ！」

「じゃ、じゃあいったい誰が……」

やがてメンバーの視線は俺へと注がれた。これまでなら防ぐ手段がなかったのにそれを可能にする者といえば、ついさっき加入した俺くらいしかいないからだろう。

「どうやら【癒しの極意】ってスキルの中には毒から守る効果を持つ能力もあったようだな」

「そ、そうみたいだな」

ダズにフォローされてようやく納得する。

リウィルが言ったように、必要となると本能的に使おうとするようだが……さっきはギリギリのタイミングだったな。

「よっしゃあ！　ここから反撃といくかぁ！」

「「「「おおおおおっ‼」」」」

毒液を無効化したことで、パーティーの士気は一気に上がる。

だが、攻撃手段を封じられているのは変わらない。たとえ相手の攻撃を防げたとしても、勝つためにはあの堅牢《けんろう》な装甲をぶち破って攻撃を通す必要があった。

方法として真っ先にあげられるのは魔法による攻撃だろう。

剣や斧などの物理攻撃に対してはあのダズの一撃ですら微動だにしなかったくらいだ。他のメンバーと束になってかかっても結果が好転するとは思えない。

緋色の月《スカーレット・ムーン》に魔法使いはいないが——限りなくそれに近い能力を持った双子の竜人族がいる。

「ティナ！　マナ！」

「「あい！」」

指示を出すより先に、ふたりは俺たちの前に立って攻撃態勢へと入っていた。自分たちなりに状況を分析し、ここが出番だと勇気を振り絞って立ち上がったようだ。

「えぇいっ！」

まずはティナの火炎攻撃。

真っ赤な炎を正面から浴びたアイアン・スパイダーは身をよじり、逃れようとしている。間違いなくダメージを負っているようだ。

「いいぞ、ティナ！」

　華麗な先制攻撃を決めたティナは俺に向かってガッツポーズ。まだ完全に倒したわけじゃないから「油断するなよぉ！」と忠告をしておいたが、このやりとりがマナの闘争心にも火をつけたようだ。

「やあっ！」

　ティナの炎による攻撃を耐え抜いて反撃しようとしたアイアン・スパイダーに対し、マナが雷撃でそれを阻止する。こうなってくると、敵が気の毒になってくるな。

　強烈な炎の次はこれまた高威力の雷撃が待ち構えているなんて、人間ならすぐさま逃げ出したくなるコンボだ。正面からまともに二大攻撃を食らったアイアン・スパイダーはプスプスと焦げた臭いを漂わせながらぐったりと動かなくなった。

「上位ランクの冒険者パーティーでも討伐に苦労するあのアイアン・スパイダーを、たったふたりで……」

　やっぱり、さっきのモンスターは本来ならこのグリーン・バレーに出現する強さではなかったのか。明らかにみんな動揺していたし、ダズの攻撃も跳ね返していたくらいだからな。

「そんなに強いモンスターだったのか？」

「あ、ああ……グリーン・バレーであんな強いヤツとはこれまでに遭遇した経験がない。恐らく最近になって潜り込んできたんだろう」

「そんなケースもあるのか？」

「アイアン・スパイダーは地中を移動できる。別のダンジョンから移動してきた可能性も十分あり得るだろう」

モグラみたいな特性を持っていたんだな。

しかし、こういう可能性があるなら初心者コースだからと暢気に構えているわけにはいかないな。今回の件で痛感させられたよ。

「リウィルにも報告をしておかないとな。なんとか倒せたからよかったが、下手をすると大惨事になっていたかもしれないし」

実力者たちでも苦戦必至とされるモンスターが出たとあっては、そりゃ大騒ぎにもなるか。

ともかく、今回は何事も起きなくて本当によかった。

「「ユージ！」」

安堵した途端、背中に軽い衝撃が。

視線を下げると、ティナとマナのふたりがしがみついてきていた。彼女たちはなにかを期待するような眼差しで俺を見上げている……きっとご所望の品はこれだろうな。

「よくやってくれたぞ、ふたりとも」

そう言って、ふたりの頭を優しく撫でる。

どちらも目を細め、気持ちよさそうに受け入れてくれた。

やはりこれが正解だったか。

思わぬハプニングがあったものの、こうして俺たちの初ダンジョン探索は幕を閉じたのだった。


ギルドへ戻ると、早速ダンジョンで起きた非常事態をリウィルへと説明する。

「ア、アイアン・スパイダーがグリーン・バレーに⁉」

一報を聞いたリウィルは座っていた椅子から転げ落ちるほど驚いていた。

彼女だけでなく、ギルドに居合わせた者たちは騒然となり、急遽今後の予定について話し合おうとにわかに騒がしくなる。

だが、彼らをさらに驚かせたのは強敵とされるアイアン・スパイダーはすでに倒され、おまけにトドメを刺したのが幼いふたりの少女だというんだから衝撃だよな。

「まだ子どもじゃねぇか」

「ありゃ竜人族だな。それならあれだけ小さくてもアイアン・スパイダーを倒せるわけだ」

瞬く間にギルド中の話題をかっさらうティナとマナ。

周りが自分たちを「凄い」とか「強い」と言っているのに気づき、表情は自然とドヤ顔になっていく。随分とこの環境にも適応したな。

ちなみにリウィルの話では本日ダンジョン探索に出た冒険者たちは全員無事に帰還したとの

報告を受けており、アイアン・スパイダーが出現したにもかかわらず死傷者ゼロという奇跡のような結果をもたらしたらしい。

これにより、周りの冒険者たちはさらにヒートアップしていく。

「よくやってくれたぞ、お嬢ちゃんたち！」

「今日は俺が奢ってやる！　好きに飲み食いしな！」

周りの冒険者たちから囃《はや》し立てられ、ダズは大宴会の開催を決定。俺たちの歓迎会も兼ねてくれるそうなのだが、急にそんな大事《おおごと》になってしまって大丈夫なのかとリウィルにそっと耳打ちをしてみる。

「もう慣れましたよ。それに、私もみなさんが無事に帰ってきてくれて嬉しいですし、それをお祝いしましょう」

笑顔でそう答えるリウィルに、俺はギルドマスターとしての器のデカさを感じた。

きっと、こういうところが大勢の冒険者の信頼を集める理由になっているのだろうな。

開始の合図が出てからほどなくして、ギルド内を会場とした宴会は盛大に行われた。

料理は併設する食堂の店主ミッチェルが赤字覚悟で振る舞ってくれ、酒も次から次へと大量に運び込まれてくる。

「さあさあ、景気よくやってくれぇ！」

ダズが盛り上げると、周囲もそれに乗っかって大騒動。

みんな酒を浴びるように飲み、料理を食い、見たこともない楽器を演奏して聞いたこともない音色を奏でて歌い踊っていた。

さすがに騒ぎすぎではないかと心配になるが、リウィル曰くこれが日常茶飯事と涼しい顔をしていた。

正直、前の世界にいた俺はこういう飲み会的なノリが合わなかった。下戸でお酒が飲めないこともあっていまひとつ楽しみ方が分からなかったのだ。

しかし、今は違う。

仲間たちと一緒になにかをやり遂げた充足感でいっぱいだった。

「これが冒険者か……」

おいしい料理に舌鼓を打っているティナとマナを眺めながら、俺は呟いた。今までの常識が通用しない世界へいきなり転移し、これからどうなるのかと不安を抱いていたが、今はそれがだいぶ軽減した。

まだまだどうなるかまったく先は読めないけど、しばらくは緋色の月《スカーレット・ムーン》の一員としてダンジョン探索に携わっていこうと改めて決意する。

俺はその日、これまでの人生で一番なんじゃないかってくらい浮かれ、二日酔いとか胃もたれとか気にせず、ありったけ宴会を楽しむのだった。

第三章　ダンジョンに潜むもふもふ

この世界に転移してきて一週間が経った。

グリーン・バレーに出現したアイアン・スパイダーの掘った穴は無事にふさがり、本日から通常探索が可能となっている。

若手冒険者たちにとってはようやく仕事ができると勇んでダンジョンへと突入していった。

「いやぁ、いい朝だ」

宿屋からギルドへ移動し、そこにある食堂で朝食を済ませると、この世界のコーヒーを味わいながらダズたちが集まるまで穏やかな時を過ごしていた。

一時はどうなることかと不安だった異世界生活も、授かった回復系スキル【癒しの極意】のおかげでうまくやれている。新しい職場も見つかったし、なんだかんだで前の世界での生活より充実した日々を送っていた。

それに、おいしいコーヒーもあるしな。

「こっちの世界にもこいつがあってよかった」

コーヒー好きとしてはありがたい限りだ。

「今度は私がふたりを追いかけるから、捕まらないようにね？」

「あい！」

「にげうよ！」

　すぐ近くではティナとマナはリウィルと一緒に遊んでいる。ルールを聞くと、たぶん鬼ごっこみたいなものかな。しかし、初日は怯えられていたが、もうすっかり優しいお姉さんとして定着したな。今はふたりともギルドのマスコット的存在にもなっており、多くの冒険者を癒している。

　最近はリウィルが人間の言葉を教えており、以前よりスムーズに会話ができたり気持ちを伝えたりできるようになったのも可愛がられる要因として大きいな。

　三人の微笑ましい様子を眺めながら、今日までの探索成果について考えた。

　アイアン・スパイダーの襲撃があった日から、俺たちはずっとグリーン・バレーを見回っている。

　あいつはイレギュラーな存在であり、本来のグリーン・バレーはダズの言っていたように初心者がまず冒険者としてのイロハを学ぶためのダンジョンって立ち位置。

　そういう場所はあった方がいいという彼の意向により、緋色の月《スカーレット・ムーン》は他に強力なモンスターが紛れ込んでいないかチェックして回っていたのだ。

　同時に、俺やティナ、マナにダンジョンがどういう場所なのかと改めてレクチャーしてくれた。

一発目からいきなり上位クラスの強敵と遭遇して勝利したものの、ただ強いだけではダンジョンを攻略できない。クエストの内容にもよるが、それ以外の能力が求められる場面も多かった。

そんな中で、俺の持つスキル【癒しの極意】はさまざまな場面で役に立ってくれた。

なにより大きかったのが、アイアン・スパイダーとの戦闘で新たに確認できた防御系スキルの存在。強力な毒液であわや全滅の危機だったところをこいつが救ってくれたのだ。

あの日、俺は宿屋に戻ってティナとマナを寝かしつけた後、リウィルから譲ってもらった本を読みふけった。

ひと口に回復系と言っても、バリエーションは豊富でさまざまなケースに対応でき、さらには防御魔法や支援魔法など、活用法は多岐にわたる。

ただ、これだけたくさんの能力が使えても、攻撃に転用できそうなものはなにひとつなかった。俺自身ができるのは回復と防御と支援。回復特化型のため、実際にモンスターとの戦闘になるとなにもできなかった。

まあ、もともとはただのサラリーマンだしな。

炎を吐いたり雷を発生させたりできるティナやマナには敵わないにしろ、もう少し攻撃手段を持っておいた方がいいだろう。

そういうわけで、報酬の一部を使って剣を購入した。

しかし、これがなかなか難しい。

冒険者の扱う剣は重く、健康診断のたびに医者から運動不足を指摘されていた俺では二、三回振り回すだけでヘトヘトになってしまう。

なので、現在は自主的にトレーニングも始めている。

今朝も朝食前に軽く素振りをしてきたが、うちのメンバーの若い子たちのようになるにはまだまだ時間がかかりそうだ。

「それにしても……今日はみんな遅いな」

いつもならボチボチ人が集まってきてもよさそうな時間帯だが、今日はまだメンバーの誰もギルドへやってきていない。

もしかして、今朝に限っては集合場所が違ったか？

サラリーマン時代に似たようなミスをして課長からこっぴどく怒られた負の記憶がよみがえりそうになった頃、突然ギルドのドアが何者かによって乱暴に蹴り開けられる。

「緊急事態だ！　ユージはいるか！」

荒々しく入ってきたのはダズだった。

何事かとビックリしながら視線を向けると、彼は重傷を負っている若い男を担いでいた。全身の至るところから出血をしており、目は虚ろで今にも死にそうだ。

「なにがあったんだ、ダズ！」

「ユージ！　説明は後だ！　先にこいつの傷を癒してやってくれ！」

「よし！」

医療知識がない俺でも、ダズの連れてきた男が一刻を争う状況なのは目に見えて理解できた。

すぐさま彼のもとへ走り、両手を近づけてスキル【癒しの極意】を発動させる。

両手が青白い光に包まれると、まずは上半身の方からそれを当てていく。

「ぐぅ……」

「頑張れ！　すぐによくなるぞ！」

懸命に声をかけながら、スキルによる能力で治療を続けていく。

ここまでの重傷者を元通りにできるかどうかは俺も経験がなく、ハッキリ言って賭けに近かった。それでも少しずつ傷口はふさがり、出血もなくなって顔色がよくなっていく。

必死にスキルを使い続けている横で、重傷者の仲間と思われる冒険者たちが続々とギルドへやってきた。

全員負傷しているが、俺がスキルを使って治療している者ほどひどいわけではなさそうだ。とはいえ、出血を伴う怪我であるには違いない。

他の冒険者たちは自前の薬草などで治療に当たっているが、全員に行き渡るほどあるかどうか……そんなことを思っていると、突然目の前が薄暗くなった。

見上げると、二メートルはありそうな大男が俺を見下ろしており、それが原因で影ができていたのだ。

年齢は俺とそう変わらないように見える。

だが、鍛え抜かれた肉体は比べ物にならない。

まさに歴戦の勇士って風格が漂っていた。

「治るか？」

男は静かにそう尋ねる。

恐らく彼がこのパーティーのリーダーなのだろう。

「最悪の事態は避けられそうです」

「そうか。よかった……感謝する」

随分と口数の少ないリーダーだが、仲間への想いは強いようで自分も負傷していながら怪我人たちひとりひとりに声をかけていた。

「あいつの名前はグレン。この辺りでは名の知れた冒険者で、数日前から仲間を引き連れ、近くにあるブルー・レイクというダンジョンを探索していたんだが……まさかこんな事態になっていたとはなぁ」

最低限の会話だけで立ち去っていったグレンについてダズが教えてくれた。

「無口で無愛想だが仲間思いのいいヤツだよ。もとはどこかの国の騎士団で分団長を務めていたらしい」

「相当な実力者のようだな……」

具体的にどれほど強いのかピンとこないけど、分団長っていうくらいだから部下をまとめる上役のひとりだったのだろう。ダズもかつては超有名冒険者パーティーの幹部だったそうだし、このギルドって意外な過去を持った人が多いな。

ダズが飛び込んできてから騒然としていたギルドは、時間が経つにつれて少しずつだが落ち着きを取り戻していった。俺が治療した冒険者も、今は穏やかな顔つきで寝息を立てている。

こうなればもう大丈夫だろう。

あとは彼の所属するパーティーメンバーに任せておき、俺はダズに呼ばれて以前にも入ったことがある応接室へと移動。

そこではギルドマスターであるリウィル、治療を終えたグレン、そしてリーフ村のギルドを拠点としている冒険者パーティーのリーダーたちが集まっていた。

「なにがあったか説明をしてくれるよな?」

代表してダズがグレンへと尋ねると、彼は静かに頷いた。

「もちろんだ。ぜひとも話を聞いてもらい、これからの対策を練りたい」

グレンの口から飛び出した「対策」という言葉に、リーダーたちは騒然となる。先日出現してパニックをもたらしたアイアン・スパイダーに匹敵するようなモンスターが現れたとでもいうのか。

　グレンはさらに当時の詳細な状況を語っていった。

「俺たちはブルー・レイクで魔鉱石の採集クエストをこなしていたんだが……突然、メンバーのひとりが正体不明の存在に襲われたんだ」

「モンスターだったのか？」

「恐らく。ただ、姿は確認できなかった」

「確認できない？　どういうことだ？」

　聞けば聞くほど状況が想像できず、リーダーたちは次々に質問をする。それに対し、当事者であるグレンは冷静に答えていった。

「ヤツは賢い。まず発光石の埋め込まれたランプを持った仲間を襲い、俺たちから視界を奪った」

「なんだと⁉」

　これにはリーダーたちのざわつきも激しくなるが、グレンは意に介さずさらに続けた。

「長い尻尾に鋭い牙で攻撃され、俺たちは防戦一方だった。なにせ真っ暗闇だ。前を歩くのさえ困難な状態では、仲間を守ることも叶わない」

「モンスターの姿は見ていないのか？　もしかしたら相手は人間じゃないのか？」

　ダズからの質問に、グレンは首を横に振って答えた。

「いや、間違いなくモンスターだ。俺は手探り状態の中でヤツになんとか一矢報いる反撃を当てることができたのだが、その際に全身が毛で覆われていることに気がついた」

「おいおい、また上位ランクのモンスターが紛れ込んできたのか？」

青い髪をした長髪の冒険者がうんざりしたように言い放つ。

あの人……確か名前はギャディだったか。

リーダーたちの中では間違いなく最年少だ。

たぶん、俺よりも五つ以上は年下だろう。

「アイアン・スパイダーを討伐したばかりなのに、おかしくねぇか？　まるで誰かさんが仕組んでいるかのように俺は思えるんだが？」

そう語るギャディの視線は明らかに俺へと向けられていた。

彼の挑発的な態度に対し、俺はなにも言い返せないでいる。

疑われても仕方がないと思っていたからだ。

なにせ俺とティナ、マナのふたりがリーフ村にやってきてから一週間弱の間に二度も大事件が起きているのだ。こうなってくると疑わない方が不自然だろう。

現に周りはギャディの言葉を聞いて反論のひとつも出さない。

——いや、ひとりだけいた。

「なにが言いたいんだ、ギャディ」

俺をパーティーへ誘ってくれたダズだ。

「おやおや、あんたほどの男がそこにいる回復士と事件の関連性に気がつかないなんて、焼きが回ったんじゃないか？」

「ならどうしてユージはグレンの仲間を救ったんだ？　仮に彼が本当にモンスターをけしかけて襲わせたならなぜあんなにも必死になって助ける？」

「そ、それは……」

「俺もダズの意見に賛成だ。うちの連中を救ってくれた時の表情を見れば分かる。彼は純粋に助けてくれただけだ」

「ぐっ……」

実力者ふたりが味方に回ってくれたことで、流れは一変する。

しかし、ギャディはどうにも納得いかないようだ。

「だ、だが！　こいつが来てからトラブルが増えているのは事実だ！」

「因果関係の証明ができない以上、ただの戯言と変わらないぞ？」

「なにぃ！」

一触即発の空気が漂う中、ここでリウィルがふたりの間に割って入る。

「やめてください！　今は私たちで争っている場合じゃありません！」

「むっ……」

「うっ……」

リウィルのひと言で、ダズもギャディも勢いが削がれた。

さすがはギルドマスター。

この手の仲裁役はお手の物か。

ダズとグレンの援護があったとはいえ、まだまだ完全に疑いが晴れたわけじゃない。信頼を勝ち取るためにも、なんとかしてグレンたちのパーティーを襲ったモンスターを討伐しなければ。

これは俺だけにかかわらず、リーフ村の今後にも大きな影響を及ぼすだろうからな。


リーダーたちによる話し合いが終わった後、俺たち緋色の月《スカーレット・ムーン》はすぐに例のダンジョン――ブルー・レイクへ挑むこととなった。

今回は案内役としてグレンも同行する予定だ。

「頑張ろうぜ、ユージ」

「ギャディの言うことなんか気にするな」

「俺たちはおまえを信用しているからな！」

「ありがとう。感謝するよ、みんな」

ダズから話し合いの内容を聞いたパーティーメンバーは口々に俺を励ましてくれて、誤解を解くためにも今すぐ乗り込んでモンスターを蹴散らしてやろうと士気を高めていた。

……こんな風に思ってくれる仲間には、これまで巡り会えなかったな。

俺のために動いてくれようとしてくれる人がこんなにいるなんて、今までの人生を振り返ってみたらちょっと信じられないよ。

「仲間っていうのはいいもんだろう？」

感慨にふけっていると、ダズが優しく肩を叩きながらそう告げる。

「まったくだ。今までこういう関係を築けてこられなかったから、余計にそう感じるよ」

「そいつはよかった。俺たちとしても、おまえさんがパーティーに加わってくれて本当によかったと思っている。だからこそ、今回の事件を早急に解決し、他の冒険者たちにも認めてもらわないとな」

「ああ」

俺はダズと拳をコツンと合わせ、探索前に気合を入れる。

その様子を眺めていたティナとマナのふたりも、マネをするように小さな手を差し出した。

「ははは、ふたりも手伝ってくれるんだな」

「うん！」

「ユージ、いいひと！」

「っ！　ありがとう、ふたりとも」

ティナ、マナとも拳をコツンと合わせると、ふたりの頭をワシャワシャと撫でる。

さて、こちらの士気は十分高まったので、いよいよ新しいダンジョンのブルー・レイクへと乗り込むか。

できればこういう形での挑戦は避けたかったが、今さら言っても仕方がないので気持ちを切り替えないとな。

今回も進みながらダズにダンジョンの解説をしてもらう。

「ブルー・レイクの一番の特徴は巨体な地底湖にある。湖底が覗けるほど透き通っており、深い部分には魔鉱石が転がっていて、それを目当てに探索へ来る者が多いんだ。あと、出現するモンスターの角や皮が良質の素材として取引されている」

「素材になるモンスターは強いのか？」

「強くはないが、特別弱いわけでもない。ただ、アイアン・スパイダーなんて強敵といきなり遭遇してしまったから、インパクトには欠けるかもしれないな」

望んでいなかったとはいえ、初戦が上位ランクの冒険者パーティーでさえ苦戦するとんでもないバケモノとだったからな。確かに、あれを超える衝撃的なモンスターはそうそう現れない気がする。

「だが、そいつらはこれまで目撃されたモンスターの典型例。今まで通りなら、グレンたちのパーティーがあそこまで追い込まれるはずがない」

ダズの言葉でハッとなる。

そうだった。

肝心な部分が抜け落ちていた。

これから相手にしなければならないのは、ダズも実力を認めるベテラン冒険者のグレン率いるパーティーを壊滅寸前にまで追いやったモンスターだ。

普段、ブルー・レイクに出現するヤツとは格が違う。

気を引き締めていかなくちゃな。

しばらく歩いていると、グリーン・バレーと同じように天井の高い空間へと出る。あそこは木々が生い茂って森のようになっていたが、ブルー・レイクの場合は広大な湖が出現した。

「ここがブルー・レイクの名前の由来にもなった地底湖か。凄い迫力だ」

対岸が見えないほどの広さ。地底とは思えないな。

事前に聞いていた情報の通り、水は澄んでいて湖底がハッキリと確認できる。目を凝らしてみると、なにやら光っている石がチラホラ。

「青い光を放っている石が魔鉱石か？」

「そうだ。ここで採取できるのは主にアクアという名の魔鉱石でな。魔力を込めると水が溢れてくるんだ。ダンジョンに長期滞在するようなクエストに挑む時なんかは重宝するよ」

今度はグレンが魔鉱石の性質について教えてくれる。

「それで、おまえさんたちがモンスターに襲われたのはどこだ？」

「ここからそう遠くない位置にテントを張って拠点としていたんだが……ああ、あそこだ」

グレンの指さす場所は湖からほど近く、背後には岩壁がそびえ立っている。ここにテントを設営すれば、正面だけに注意を払っていればいいから守りやすそうだな。

襲撃現場へ近づいていくと、岩壁には戦闘の痕跡が残されていた。

「ダズ、岩壁に大きな爪でひっかいたような跡があるぞ」

「本当だ。しかし、これくらいならモンスターはそれほど大きくはなさそうだ」

俺も同意見ではあるが、きっとダズの中での比較対象はアイアン・スパイダー級のモンスターだろう。

大きくないとはいえ、少なくとも二、三メートルはある。人間を基準に考えるなら油断のできないサイズであるには違いなかった。

もちろん他のメンバーも同じであり、誰ひとりとして「大きくないから楽勝」なんて甘い認識を持ってはいない。

むしろ相手が鋭い爪牙《そうが》を有すると分かり、身を引き締めている。

「みんな気をつけてくれよ。ヤツはまだこの近くに――」

グレンは忠告の最中になにかの気配を察したらしく、表情が一層険しさを増す。彼が視線を送る方向へ俺たちも体を向けると、岩の上で大きな影が揺らめくのを目撃した。

「っ！　出たぞ！」

まずダズが叫び、愛用の斧を構えた。

それにつられる形で他の冒険者たちも武器を取り出し、ティナとマナも表情を引き締める。

果たして、いったいどんなモンスターが待ち構えているのか。

ランプの明かりで照らされたそいつは、真っ白いもふもふの毛で覆われた獣だった。

わずかに開けた口からは牙が覗き、さらには鋭い爪もある。

あと、体長も想定していたサイズと合致。

ここまでは目撃された特徴と現場に残された痕跡と一致しているぞ。

「あ、あいつが……」

なんの前触れもなく現れ、グレンたちのパーティーを追い詰めた犯人は――巨大なキツネの姿をしたモンスターであった。

「な、なんだ、あれは」

「この辺りじゃ見かけないタイプのモンスターだぞ」

緋色の月《スカーレット・ムーン》に動揺が走った。

パーティーメンバーの誰も知らない非常に珍しいタイプのモンスターらしい。

いつ攻撃してくるのかと警戒をしていたら、ここでモンスターが意外すぎる行動に出た。

「なんじゃ？　随分と大所帯で来たな。悪いが、ワシは今とてつもなく眠いんじゃ。静かに寝かせてくれんかのぅ」

なんともゆっくりかつ温厚な話しぶりに一気に緊張の糸が切れて脱力する。

いや、それよりもっと衝撃的な事実があるぞ。

「ダ、ダズ、あのモンスター……しゃべったぞ？」

「たまにいるんだよ。長命で賢い種族は人間との交戦を重ねるうちに知識を得て、会話ができるようになる個体もいるらしい」

「じゃ、じゃあ、あいつもそうなのか？」

「だと思うが……俺はあんなモンスターを知らない。初めて見るし、一致する特徴を持ったモンスターの情報もない」

「俺も同じだ」

「グ、グレンまで!?」

ダズやグレンといった歴戦の猛者たちでさえ知らない謎のモンスター。

謎に包まれた正体は、なんとモンスター自身が語ってくれた。

「君らが知らないのも無理はない。ワシは妖狐《ようこ》と言ってな。大陸の東端にあるヒノモトと呼ばれる小さな国にしか生息しておらず、おまけに数も少ないんじゃ」

「ヒ、ヒノモト……」

それってつまり日本のことか？

ただ、この世界に俺の知っている日本があるとは思えない。名前や文化に共通点は多そうだが、まったく別物だろう。

しかし、こいつが例の襲撃犯か？

とてもそうは見えないが。

「ワシの名前はシラヌイ。ついさっき長旅を終えて寛いでいたところでな。悪いが暴れるならよそでやってくれ」

「つ、ついさっきここへ？」

となると、グレンたちを襲った犯人ではないのか？

困惑する中、今度はシラヌイの表情が一変して眼光が鋭くなる。

「やはり、他にも招かれざる客がおったようじゃな」

「えっ？　――まさか⁉」

一瞬シラヌイがなにを言っているのか分からなかったが、俺たちがここまで来た理由を思い出した時、ようやく理解できた。

「来たぞ！」

真っ先にダズがそう叫んだ次の瞬間、近くの岩陰からなにかが飛び出してくるのが見えた。

「ランプを狙ってくるぞ！」

事前に情報を入手していたダズはすぐさまそう叫び、ランプを持つメンバーの周囲を固めさせる。

奇襲に失敗したモンスターは飛びかかるのをやめて一歩後退。大きな岩の上に立ち、俺たちを睨みつけていた。

「ダイヤモンド・ウルフ……なぜこのブルー・レイクに⁉」

現れたのは煌めく体毛に包まれた大型のオオカミ。

ダイヤモンド、か。

確かにあの輝きはそう見えなくもないし、かなりの強度がありそうだ。アイアン・スパイダーに続いて、ディフェンス力の高そうなモンスターが出てきたな。

あと、ダズの口ぶりからして、こいつも本来であればブルー・レイクに出現するランクのモンスターではないようだ。

「先ほどから人間以外の騒がしい声が響いてくるとうんざりしていたが……また面妖《めんよう》な連中が出てきたな」

どうもシラヌイはダイヤモンド・ウルフの存在に気づいていたようだ。

「シラヌイはそこで大人しくていてくれ。俺たちがモンスターを倒す」

「よいのか？」

「一匹だけならなんとかなるさ」

爪痕から想定された通り、ダイヤモンド・ウルフの体長は約二メートル。

鋭い爪牙を有しているとはいえ、一体だけならいくらでも対処できる。

——そう思っていたのだが、ここでダズから恐ろしい情報が追加された。

「ダイヤモンド・ウルフは群れで暮らす習性がある！　きっとこの近くに仲間が潜んでいるはずだ！」

どうやら相手は集団戦法を得意とするタイプらしい。

緋色の月《スカーレット・ムーン》の面々が臨戦態勢に移ったちょうどその時、こちらに近づいてくる別の集団が。

「おい見ろよ！　ダイヤモンド・ウルフだ！　ヤツらの毛皮は高く売れるぞ！」

やってきたのはギャディと彼の仲間たちであった。

しかし、彼らがダンジョン探索に出るのは明日のはずだ。

「ギャディ!?　なにをしに来た!?」

たまらず叫んだのはグレンだった。

「どうにも納得がいかなくてこっそり後を追ってきたが……なるほどねぇ。獲物を独り占めにしようって魂胆だったとはな。姑息な手を使いやがって」

どうやらギャディは、俺たちがダイヤモンド・ウルフの毛皮を独占するために芝居を打ったと勘違いしているらしい。

「あんたらばかりにおいしいところは持っていかせねぇぞ！」

「よせ！　迂闊に近づくな！」

ギャディはメンバー総勢六人でダイヤモンド・ウルフを討ち取ろうと駆け出す。ダズはそれを食い止めようとするが、間に合わなかった。

ダイヤモンド・ウルフは襲いかかってきたギャディたちに驚いたのか、湖の方へ向かって走っていく。

「逃がすかぁ！　一匹でも捕まえれば大儲けだぜ！」

欲に目がくらんで深追いをするギャディ。

だが、それは敵の罠だった。

バシャバシャと音を立ててダイヤモンド・ウルフが湖へと入っていくと、突然湖面から複数の水柱が。

そこから姿を見せたのは複数のダイヤモンド・ウルフ。

ヤツらは湖の中へギャディたちを誘い出したのだ。

「う、うわっ⁉」

「ちくしょう！」

「ダ、ダメだ！　うまく動けねぇ！」

足元が水に浸かっている状態では陸上ほど速い動きはできない。ダイヤモンド・ウルフたちは人間の体の特徴を把握しており、それに応じた作戦を取っていたのだ。

「やれやれ、若い連中は後先考えんで行動するからいかんな。すまんがダズ――」

「みなまで言うな。さすがに目の前で食い殺されては寝覚めが悪い」

やはり見殺しにはできないと、緋色の月《スカーレット・ムーン》はギャディたちの援護へ回る。

ただ、あそこにいるヤツらが群れのすべてと考えては危険だ。

「ティナ、マナ、いつでも攻撃できるようにしておいてくれ」

「あい！　まかしぇて！」

「がんばう！」

おぉ！

少し舌足らずなところはあるが、以前よりちゃんと会話ができている！

これもリウィルの教育の賜物だな。

――って、感動するのは後回し。

今はとにかくこの窮地を脱することに専念しないと。

ダズたちは防戦一方となっているギャディたちを救出。

「ユージ！　手当てをしてやってくれ！」

「ああ！」

俺のもとへと運び込まれてくる冒険者たち。中でも一番ひどい怪我を負っていたのはリーダーのギャディであった。まずは彼を治療しなければ。

「大丈夫か、ギャディ」

「ぐっ……あ、あんた……俺を助けてくれるのか？　疑っていた俺を……」

「状況的にあのような言動を取るのは仕方がないさ」

サラリーマン時代はもっとえげつない罵声を浴びせられたし、あれくらい課長のお小言に比べたら可愛いものだ。

「やっぱり凄ぇな、あんた……」

スキルを使っての治療中、ギャディがボソッとそうこぼした。

「俺はもう五年以上冒険者をやっているのになかなか成果が出なくてよ……最近はクエストの失敗も続いていてずっとイライラしていたんだ……」

「ギャディ……」

彼の気持ちは元営業職である俺にはよく分かる。

自分の努力だけではどうしようもない部分っていうのがあって、でも簡単にはそれを乗り越えられない。力尽きそうになることだって数えきれないほどあったな。

若いギャディは今まさにその壁へとぶつかっている。

今回の一件を通して、乗り越えられたらいいのだが。

若い頃の自分自身とギャディを重ねていると、突然ダズの叫び声が轟く。

「ユージ！　後ろだ！」

「っ⁉」

驚いて振り返ると、最初の一匹が飛び出してきた岩陰から別個体のダイヤモンド・ウルフが三体出現。

一体目は誘い出し係で、湖から出てきたのが本隊、そしてフォロー役のこいつらはいわゆる第三の矢。

そこまで先を計算しているとは。

絶体絶命のピンチに陥った俺とギャディ。

すると、ふたりの少女が立ちふさがるように割り込んだ。

「ユージ！　たすけう！」

「やっつけうよ！」

「ティナ！　マナ！」

可愛らしい口調で戦う意思を示す勇敢なふたりは、三体のダイヤモンド・ウルフに対しても怯むことなく、炎と雷撃で迎え撃った。

「「「ギャウウン⁉」」」

角と尻尾を除くと人間の子どもと見分けがつかない。

完全に油断していたようで、まともにふたりの攻撃を食らい倒れる。

「ははは……こりゃ敵わないわけだ」

ふたりの活躍を目の当たりにしたギャディは思わず笑ってしまった。そんな彼の横でさらに関心を強めていたのがシラヌイだ。

「ふむ。人間の子どもかと思いきや、よく見ると違うようじゃな」

「あの子たちは竜人族という種族なんだ」

「竜人……言われてみれば、角や尻尾といった特徴は酷似しているな」

興味深げにティナとマナを見つめるシラヌイ。

一方、ふたりは戦いを終えて俺のもとへと笑顔で駆け寄ってくる。

迎え入れようとこちらも駆け寄ろうとした瞬間、シラヌイが不穏な言葉を放った。

「見事な戦いぶりだった――が、まだ終わってはおらぬようだ」

「えっ？」

それはどういう意味なのかと続けようとしたが、それよりも先に隠れていた別のダイヤモンド・ウルフが襲いかかってきた。

「まだいたのか、こいつら！」

ティナとマナは完全に油断していて攻撃態勢へと移りきれていない。

俺は咄嗟にアイアン・スパイダーの毒液を弾き返した時に使用した防御スキルを発動させてふたりを守る。

「大丈夫か⁉」

「あい！」

「あいあとう！」

とりあえず怪我はないようで安心した。

ホッと胸を撫で下ろしたのも束の間、追加で現れた三体のダイヤモンド・ウルフは防御スキルによって生み出されたシールドを破壊しようと攻撃を加えてくる。すべて跳ね返せてはいるのだが、これだと反撃ができない。

他の仲間の助けを待とうとするが、あっちにも敵の増援が来たらしく、かなり慌ただしい状況となってきた。

なんとか突破口を開かなくてはと頭を捻っていると、シラヌイがゆっくりと立ち上がった。

「お主たちはここで散らすには勿体ない存在のようじゃ。手を貸そう」

そう告げた直後、周囲に小さな火の玉が出現し、ひとつふたつと数を増やしていった。シラヌイを中心に規則正しく並ぶ火の玉の行列……あれが彼の能力なのか？

「《狐火《きつねび》》――この大陸の者には見慣れぬ力じゃったかな？」

ニヤッと笑みを浮かべるシラヌイは、火の玉をダイヤモンド・ウルフたちへと放った。

「さて、こいつから逃げきれるかのぅ」

火の玉はすばしっこく動き回る敵を追尾し、一体残らず燃やし尽くした。

「自動で敵を追いかけるだと？　あの炎は……魔法とは少し違うようだな」

他のダイヤモンド・ウルフを倒して駆けつけたダズは、目を丸くして浮遊する火の玉を見つめていた。

俺は本物の魔法を知らないので分からないが、この世界で生きてきた彼がそう言うならやはり魔法とは少し違うのだろう。

「お主らの大陸ではこういう力を魔法と呼ぶのだったな。ワシの住んでいたヒノモトでは妖力と呼ばれている」

「名前は違うが、根本の部分では魔力と同じか。要は使い方次第ってわけだ」

そう結論付けるダズ。

魔力と妖力の違いについて明確な答えは出なかったが、ともかくダイヤモンド・ウルフを倒せるだけの力を持っているのは分かった。

「今の炎はいったいなんなんだ⁉」

「あのでっかいもふもふしたヤツの力らしいぞ！」

「そいつは凄ぇや！」

戦いが終わり、仲間たちが集まってくる。

どうやらシラヌイが倒したヤツらが最後のダイヤモンド・ウルフだったみたいだ。

「討伐完了！　——と、いきたいところだが、あの連中はいったいどこから来たんだ？」

実はダズの抱いた疑問について、俺も戦闘中にずっと考えていた。

グリーン・バレーで戦ったアイアン・スパイダーは地中を潜って移動できる。だが、このダイヤモンド・ウルフはそういうタイプのモンスターには見えなかった。

「なにか原因があるはずだ。強いモンスターが出現した原因が」

「そうだな。少しこの辺りを探ってみよう」

「賛成だ。俺たちの今後の仕事にも影響が出てくるしな」

ダズとグレンは俺と同じように、モンスターが出現した理由を探すためにブルー・レイクを詳しく調査すると言ってくれた。

【癒しの極意】の能力によって全快したギャディたちも加わって、地底湖を中心に辺りをチェックしていく。

そして開始から一時間ほど経った頃、ついにそれらしい場所へとたどり着いた。

「な、なんでこんなところに穴が……」

地底湖から少し離れた岩壁に開く大きな穴。

先は真っ暗でどこまでつながっているかまるで見当がつかない。

「恐らくアイアン・スパイダーがやったんだろうな。ヤツらは水を嫌う習性があるから、目の前にある地底湖にビビって移動したんだろう。で、同じダンジョンにいたダイヤモンド・ウルフの群れがここを通って侵入してきた」

グレンの分析を耳にした時、俺はグリーン・バレーにあった大穴を思い出した。

そうか。

あいつは最初にこのブルー・レイクへ来ていたのか。水が苦手なアイアン・スパイダーにとってここほど暮らしにくいところはないだろうからな。

ともかく原因が分かってホッとした。

「あとはこの大穴をふさげば完了だが、今後は他のダンジョンから侵入してくるモンスターにも気を配らないとな」

ため息を漏らしつつ、ダズが呟く。

常に危険と隣り合わせなのがダンジョンと呼ばれる場所だが、アイアン・スパイダーやダイヤモンド・ウルフのようなヤツが頻繁に出てこられるようになるとつらいな。

前回のグリーン・バレーとこのブルー・レイクはリーフ村近くにあるダンジョンの中では初心者向けの難易度になっている。そこに上位ランクの冒険者パーティーでさえ手こずるような強敵が出てくるとやりづらくなるだろう。

最悪の場合、駆け出しの冒険者たちは別のダンジョンがある町へ拠点を移してしまうかもしれない。

そうなれば冒険者を相手にする商売が中心となっているリーフ村にとって死活問題となる。

「なんとか強いモンスターの侵入を防げないだろうか……」

あまりにも都合がよすぎる条件ではある――が、その時、突然頭の中にある閃きが浮かび上がった。それは以前マナを救った時に感じたものと同じ。つまり、俺の持つ【癒しの極意】でこの状況を打開できるかもしれないのだ。

「ダズ、もしかしたら俺のスキルで強いモンスターの侵入を防げるかもしれない」

「そ、そんなことができるのか？」

「断言はできかねるけど、とりあえずやってみるよ」

なんの確証もないので予防線を張っておいたけど、本心としてはまったくの逆だった。

絶対にできる。初めて使うスキルを発動させる時は、いつもこんな自信が湧いてくるんだよな。

すでに何度か俺のスキルを目の当たりにしているダズたちは信用してくれたが、グレンは懐疑的だった。

「バカな。スキルの力でどうこうできるレベルではないぞ」

「まあ見てなよ、グレン。うちのユージは凄ぇんだ」

「ギャディを治療した腕からして相当な使い手なのは理解したが、さすがにあの大穴をふさぐなんて――」

「穴はふさぎません。代わりに結界を張ってモンスターの侵入を防ごうと思います」

「なにっ？　結界だって？」

グレンはよほど信じられないのか、声が上ずっていた。

「確かに敵の侵入を防ぐ結界スキルは存在しているが、能力からして君は回復士だろう？」

「俺のスキル【癒しの極意】なら、結界も扱えるみたいです」

「い、【癒しの極意】!?」

今度は俺の持つスキルに驚くグレン。

彼はこいつの真価を知っているようだな。

意識を集中しつつ、大きく開いた穴の前に立つ。傷を治す時と同じように、穴に向かって
ゆっくりと手を挙げていくと、両手は徐々に紫色をしたオーラのようなものに包まれていった。

今までにない感覚だ。

傷を癒す時には青白く、シールドを発生させた時は緑色の光だったな。役割ごとに色が変わる仕様らしい。

やがてそれは俺の手を離れていき、握り拳サイズの塊となって穴の前まで移動。それから一瞬の閃光《せんこう》を放ったのちに巨大化し、最終的に穴は薄紫色をした壁にふさがれる形となった。

「これでもう大丈夫なはずだ」

すべてが終わると、俺は作り出した壁へと近づいていく。

もう反対側が視認できないほど色は濃くなっており、軽く叩いてみるとコンコンと硬そうな音が鳴る。

「耐久力は試してみないと分からないが、かなりの強度があると思うよ」

「ほ、本当に結界を作っちまいやがった」

「驚いたな。結界魔法とはまた違うが、これなら穴を通じてモンスターが侵入してくることもないだろう」

口を半開きにしながら驚くダズとグレン。それから他の冒険者たち。

ただ、ティナとマナは違う反応を見せていた。

「やた！」

「すごぉ！」

ふたりともよく状況を理解していないようだが、とにかく俺がなにか凄いことをやったんだっていうのは伝わったらしく大喜びしている。

「スキルか。妖力ともまた違うな。興味深いのぅ」

はしゃぐ双子の後ろで感心しているのはシラヌイだった。

さて、肝心の俺だが、とりあえず全部うまくいってホッとひと安心。

今後しばらくは大きな被害が出なくて済むって安堵感もあって、なんだか一気にドッと疲労が押し寄せてきたよ。

あと、今回の件を通してこのスキルの特性がひとつ理解できた。

それは【癒しの極意】が疲労や傷の回復だけでなく『守る』という行為自体に特化している点だ。

鉄壁の守りで安心できる環境を生み出す。

【癒しの極意】の真骨頂はそこにあるのだ。

ただ傷を治すだけが「癒し」ではない。

ダイヤモンド・ウルフの一件を通して、俺は改めてこのスキルに新たな可能性を見出すのだった。


ダンジョンからギルドへと戻ってきた俺たちは、起きたことすべてギルドマスターであるリウィルへと報告した。

「連日の大がかりな戦闘……本当にご苦労様です。そしてありがとうございました」

下手をすればギルドにとっても死活問題となるアイアン・スパイダーとダイヤモンド・ウルフの襲撃。それを防ぎ、ギルドに平穏をもたらしたとして、リウィルは俺たちに深く感謝した。

ちなみに、ダイヤモンド・ウルフの毛皮はできるだけ回収してきており、売り払ったお金は参加した冒険者たちで山分けする予定だ。

あと、思わぬ珍客がギルドの一角でその巨体を横たえていた。

「ここが冒険者ギルドか。少々むさ苦しさはあるが、嫌いではないな」

大陸東端にあるヒノモトと呼ばれる島国からやってきた妖狐シラヌイだ。

彼はブルー・レイク内での交流を経てこの地の人間を気に入り、生活している場が見たいと一緒にギルドまでやってきたのだ。

さらにはヒノモトにはないらしい冒険者稼業に興味を持ち、ダズからの誘いを受けてなんと緋色の月《スカーレット・ムーン》の正規メンバーとなったのだ。

『妖力という魔法とはちょっと違った力を操れるなんて頼もしい限りじゃないか。仮に周りが魔法を封じられた状態であっても、シラヌイは普通に戦闘できるわけだし』

スカウトした理由について、ダズはこう語っていた。

あとは鋭い爪牙による近接戦闘も強力そうだし、戦う術を多く有しているのは戦士として魅力的ではある。

こうして新たなメンバーも加わり、さらには連日続いていた強敵の襲撃からもダンジョンを守れた。

こうなると、始まるのは大宴会だ。

祝勝会とシラヌイの歓迎会を兼ねているため、前回以上の大騒ぎになりそうだな。

着々と宴会の準備が進められる中、「話したいことがある」とギャディが訪ねてきた。

「今回は本当に……申し訳ありませんでした」

深々と頭を下げるギャディ。

ダンジョンでも謝ってくれたので俺としてはそれで解決したつもりでいたが、彼の中にはまだ燻っている気持ちがあったらしい。

「もう気にしていないさ。今日は飲もう」

「はい！」

ブルー・レイクから帰還後のギャディは、モンスター対策会議の時に比べて晴れやかな印象を受ける。

憑き物が落ちたって感じだ。

これからの活躍に期待できそうだな。

活躍という意味では、俺たちだって負けるわけにはいかない。

新たにシラヌイが仲間に加わり、緋色の月《スカーレット・ムーン》も勢いづいてくるだろう。

お互い切磋琢磨してよりレベルアップしていけたらいいな。

「ユージ！　楽しくやっているかぁ！」

しみじみとしていたら、すっかり出来上がっているダズがやってきた。両方の二の腕にティナとマナをぶら下げ、なんとも上機嫌な様子。ふたりも楽しそうにユラユラ揺れているが、もうすっかり仲良しだな。

「さっき新しい料理が来ていたぞ。森で獲ってきたシカの肉を使っているらしい」

「へぇ、そいつはうまそうだ」

前に食べたクマ肉はうまかったからな。今回も期待できるぞ。

どんな味がするのか気になるな。

「おいそ……」

「たーたい……」

ティナは「おいしそう」でマナは「食べたい」って言っているのかな？　ふたりの願いを叶えようと一緒に移動することに。

そんな中、俺はギルド内を歩いているうちにある発見をする。

建物は大きいため、それに応じて部屋数も多く造られているのだが、使用率は高くないようで空き部屋が目立つ。リウィルも活用したいとは言っていたが、今のところいい案はないらしい。

「空き部屋か……なんとか活かせる方法はないかな」

料理に舌鼓を打ちながら、俺はギルド内を見回して活用方法を考えていた。

できれば他の冒険者たちにも恩恵が得られるようなものにしたいな。

宿の部屋に戻ったらいろいろとアイディアを出してみるとするか。

今はこの楽しい時間をみんなと一緒に満喫しよう。

第四章　スキルの有効な使い方

グリーン・バレーとブルー・レイクに出現したモンスターを撃退し、俺の結界スキルによって外部からの侵入を遮断することに成功した。

おかげで上位ランクの冒険者たちが苦戦するほどの強いモンスターは出現しなくなり、ギャディをはじめ若手冒険者たちは今日も朝早くから意気揚々とダンジョンへと挑んでいった。

ちなみに俺たち緋色の月《スカーレット・ムーン》は本日お休みとなっている。

昨日はかなり激しい戦闘だったからな。

体が資本の冒険者には休息も大事だ。

ちなみに探索の休みは不定期らしく、今回はアイアン・スパイダーやダイヤモンド・ウルフといった強いモンスターとの戦闘が続いたため急遽設けたとダズが説明してくれた。

そのダズは数人の仲間を連れて少し離れた場所にあるフォーブという名の町へ買い出しに行っている。明日からはいつも通りに探索をするので、昼過ぎには戻ると言い残していた。

リーフ村に残っている緋色の月《スカーレット・ムーン》のメンバーは鍛錬をしたり、まったり休んだりと思い思いの時間を満喫中。

ちなみに俺たちは、ギルド内でのんびりしていた。

とはいえ、実際にのんびりしているのはティナとマナ、そしてシラヌイのふたりと一匹で、俺は仕事の真っ最中だ。

内容は、空き部屋の多いギルドで俺の【癒しの極意】を使った試み。

ブルー・レイクでの一件が解決してからずっと考えていたのだ。

一夜明け、ある程度のアイディアが出たので今朝すぐにリウィルへと報告。

彼女は喜んで俺の提案を受け入れてくれた。

そんなわけで、それを叶えるための方法を探るためにふたりでギルド内を見て回っていた。

たどり着いた場所はギルド内にある倉庫。

俺はそこである物を探していた。

「ギルドにある部屋を活用するお話ですが、具体的になにをするんですか？」

「それなんだけど……うーん……適した大きさの物が見当たらないな」

俺が思いついた最初のアイディア。

それを実現させるためにスキルの応用実験をしてみたいと思ったのだが、最も肝心なアレが手に入らず早速暗礁に乗り上げていた。

「人ひとりが収まればいいんだけど……そう都合よくはなかったか」

「いったいなにをするつもりなんですか？」

「ちょっとなぁ……」

リウィルの質問に生返事をして、倉庫内をさらに物色。

すると、ついにお目当ての品を発見する。

「おぉ！　これならイケるな！」

倉庫で発見したのは巨大な水瓶だった。

このサイズなら人も入れるし、水を溜めることも可能だ。

「そ、そんな大きな水瓶をなにに使うんですか？」

「試したいことがあってね」

水瓶を持ち上げてみると、想定していたよりも重量があった。なので、ギルドにいる同じパーティーの仲間に声をかけて外へと運び出す。

「あとはこれの半分くらいを水で満たしたいな」

「水？　それならアクアの魔鉱石がありますよ」

ブルー・レイクの湖底にもあったな。

確か、魔力を込めると水が溢れるんだったか。

俺はまだ魔力の制御がうまくできないのでここはリウィルにお願いする。

だが、これで完成ではない。

「アクアの力で水は確保できたけど、可能ならお湯がいいんだよね」

「お湯ならいい物があるぜ」

運ぶのを手伝ってくれた冒険者がズボンのポケットから小さな石を取り出す。

「それは？」

「魔鉱石は知っているよな。こいつはヒートといって魔力を込めると熱を放つんだ。料理に利用したり、寒い時期は暖房具としても役に立つ」

アクアとヒートか。

どちらも日常生活で重宝する効果を持つ魔鉱石だな。

ただ、いずれも使用するには魔力が必要になる。スキルの練度を上げることも重要だが、魔力の使い方について最低限の知識と技術は身につけておいた方がいいだろう。

まあ、魔力に関しては後日改めて取り組むとして、今はアクアとヒートを使った新しい試みに集中しなくては。

リウィルたちにお願いして水瓶の半分くらいを満たすお湯を用意。準備が調うと、俺は回復スキルを発動させる。

「えっ？　回復スキルをこのお湯に？」

不思議そうに尋ねてくるリウィル。

回復系スキルは傷ついた者に使うのが常識なので疑問を抱くのは当然だろう。現に協力してくれたうちのメンバーも意図が読めずに困惑していた。

ちょうどその時、俺たちへ声をかけてくる者が。

「あれ？　なにしているんですか？」

歩み寄ってくるのは、探索を終えて帰還したギャディたちのパーティーだった。

「やあ、ギャディ。探索はどうだった？」

「大成功ですよ！　ちょっと張り切りすぎて疲れましたが」

爽やかな笑みを浮かべるギャディ。

本当に変わったなぁ。まるで別人だ。

ともかく、疲れているならうってつけだな。

「ならちょうどいい。このお湯に浸かってみてくれ」

「へっ？　水瓶にですか？」

「回復スキルの応用がきちんと機能しているかどうかを試しているんだ」

「構わないですよ」

ギャディはためらいもなく服を脱ぎ去ってパンツ一枚になるとそのまま水瓶へ。信用してくれているのは伝わるが、突然の事態にリウィルは赤面して顔を背ける。もうちょっと配慮してもらえたらなぁとは思いつつ、彼の反応を待ちわびる。

「うおっ⁉」

回復スキルで満たされた温水に全身が浸かった瞬間、思わずギャディの口から驚きの声が漏れた。

「どうだい？」

「な、なんなんですか、このお湯⁉　疲れが一気に取れていくんですけど⁉」

効果は絶大のようだな。

「俺の回復スキルをお湯に使ってみたんだ。効果を移せることができれば一度にたくさんの人を癒せるかもしれないと思ってね。まだ試す段階だったけど、君の反応を見る限り成功したようだ」

「大成功ですよ！　もっと広い範囲で複数人が一緒に浸かれるようになれば、絶対に大勢の冒険者が利用します！」

興奮気味に語るギャディ。

ここへ来た際は表情にも疲労の色がうかがえたが、すっかり元気になったようだな。さらには彼の仲間たちも浸かりたいと次々に服を脱いでいく。さすがにリウィルも二度目は動揺することなくため息を漏らし、苦笑いをしていた。

「好評なようでよかったよ。効果も抜群のようだし、早速大きな浴槽造りに取りかかろうか」

「それならいい場所がありますよ！」

ほぼ裸の屈強な男たちから目を逸らしながら、リウィルはそう言って俺をギルド内にある一室へと案内した。

「こちらの部屋はかつて大会議室として使われていました」

「大会議室？」

「昔は今よりも冒険者の数が多かったんですが、ずっと減少傾向で……最近は少し持ち直してきましたが、しばらくはここを利用することはないかなと」

そういえば、ブルー・レイクでの一件をリーダーたちで話し合う際も普通の応接室でやったな。

たぶん、リーダーの他にも各パーティーのメンバー数人を収容できるよう、かなり大きなサイズとなっており、説明の通り、最近になって使われた形跡がなくて殺風景だった。

ただ、大浴場として利用するには申し分ない広さだな。

「ギャディさんたちを元気にしたあのお湯を大きなお風呂に入れるんですね」

「その通りだ。かなり規模の大きな改装になるが――」

「やっちゃってください！」

リウィルは食い気味に了承してくれた。

「ここを利用する人たちが快適に過ごせる空間になりそうですし、完成すればギルドのいいアピールポイントになります！　評判になれば以前のような活気溢れる村になるはずです！」

さすがは商売人兼村長。

どちらも両立できる可能性のある「ギルド温泉計画」に賛成してくれた。

しかし、本格的に改装するとなったら、専門知識を持った職人が必要だ。それをリウィルも感じたようで、俺にある案を持ちかける。

「すぐに使い魔をダズさんたちに送りましょう」

「使い魔？」

魔法やモンスターって存在が当たり前の世界なんだから、そりゃ使い魔だっているよな。

「なぜ使い魔を？」

「あの人たちが訪れている都市には懇意にしている職人さんがいますから、声をかけてもらうようお願いするんです。ダズさんたちとも親しいのできっと相談に乗ってくれるはずです」

「それは頼もしいな」

こんなにも立派なギルドが建てられるんだから職人自体はいるはずと踏んでいたが、まさかすぐに見つかるとは嬉しい誤算だ。

早速ダズたちへメッセージを送るべく、リウィルは鳥型の使い魔の足にメモを括りつけて町へと飛ばす。

ダズたちが戻ってくるまでの間、俺たちはギルドの冒険者たちにも声をかけて旧大会議室の大掃除へ取りかかった。冒険者の多くはこの部屋の存在すら知らなかったようで、今から数十年前に活動していた先人たちの記録を眺めては過去のダンジョン探索に思いを馳せていた。

「昔の冒険者っていうのはいろいろと苦労しているんだなぁ」

「それに比べたら俺たちは恵まれているよ」

「まったくだな」

偉大な先輩たちの息吹を感じながら作業を進めていく。

ティナとマナはふたりで協力しながら重い荷物でも問題なく運んでいった。どうやら竜人族はパワーも規格外らしいな。一度でいいから彼女たちのご両親とも会ってみたいよ。

大まかな作業が終わり、古い机や本棚などが外へと運び出された頃、ダズたちがフォーブの町から職人を連れて戻ってきた。

「ニックさん！」

「久しぶりだなぁ、リウィルお嬢」

長い白髪にたっぷりと蓄えられた白髭が特徴的な職人のニックさん。パッと見はまるでサンタクロースのような老人だった。

そんなニックさんの視線が俺へと向けられる。

「面白い試みを提案してきたのはそっちの兄ちゃんかい？」

「あっ、は、はい。宮原優志です」

「ミャーラ・ユージか。メモに書かれていたが、変わった名前だな」

「よく言われますよ」

この反応にも慣れたもんだ。

最近はみんな慣れてきたので逆に新鮮かもしれない。

詳しい話をするため、俺たちは応接室へと移動しようとするが、ダズは作業に必要な人員を集めるため、ギルドで招集をかけるらしい。ダンジョンから戻ってくる者もいるだろうし、ダズからの頼みなら受け入れるってなるかもしれない。

そちらは彼に任せるとして、俺は胸に抱いている思いをニックさんにすべてぶつけようと思う。必要なアイテムをこっそり用意していたので、応接室の机の上に広げてみた。

「こいつは？」

「図面です」

それっぽいのでつい図面――と口にしたが、専門的な知識は持ち合わせていないため、あくまでも「この位置にこの部屋を」という程度。見取り図と言った方が適切なのかな。

とにかく、それをもとに俺が思い描いている風呂場のイメージを伝えていく。

居合わせたティナとマナ、そしてリウィルはあの旧会議室がどんな風に生まれ変わるのだろうかとワクワクしているようだ。

まあ、すべては彼の協力を取りつけられなければ頓挫してしまうかもしれないのだが。

「ほぉ……なかなか面白い発想じゃねぇか」

白い髭を撫でながら、ニックさんはニヤッと口角を上げる。

「メモには回復効果があるって書かれていたが、そっちの方はどうなんだ？　おまえのスキルによる効果らしいが」

「すでにダンジョンから帰還した複数名の冒険者に協力してもらい実証済みです」

迷いなく答えると、ニックさんは「ますます気に入った！」と自身の膝をパシンと力強く叩く。

彼は図面を眺めていて気になった点を俺にバンバン質問してきた。

「この図面には『可能であれば外にも浴槽を造る』と書いてあるが、これはどういう意味なんだ？」

「そのままの意味です。屋外でお風呂に浸かれたら開放感もあっていいんじゃないかなと。もちろん、ギルドは女性冒険者も利用しますので高い仕切りを作り、周りから覗き見されないようにします」

いわゆる露天風呂だ。

こちらの世界にはそういう文化がないようなので、初めての試みとなる。

「外で風呂かぁ……覗かれないように対策をきちんと講じるのであれば面白そうだ」

やはりそこがネックとなるようだが、企画自体は気に入ってもらえた様子。

続いてニックさんが気になったのは大浴場の近くに書かれた「サウナ」の文字。

「ユージといったな。このサウナっていうのはなんだ？　少なくともこの国では聞き慣れない言葉でね」

「無理もありません。俺の故郷ではポピュラーなのですが、こちらでは耳にした記憶がありま

か。
ここ一、二年は足を運べていなかったけど、時間を作ってもう一度行きたいと何度願ったこと
前の世界にいた頃は一時期サウナにハマっており、よく通っていたな。仕事が忙しくなった
せんからね」

それがまさか、飛ばされた異世界で自ら手掛けることになるなんて。

本当に人生とはどうなるか分からないな。

とりあえず、ニックさんにサウナという施設について説明をしなければ。

「サウナっていうのは……簡単に説明すると、部屋を高温に保って汗を流し、それから水風呂に入って上がった体温を冷やす。これを繰り返す温冷交代浴です」

「熱いのと冷たいのを繰り返すわけか」

「俺の故郷では健康法のひとつとして流行ったんです」

「健康法？　体にいいのか？」

この世界ではそこから説明をしなくてはいけないか。

サウナは高温に身を預けることでリラックス効果が生まれるだけでなく、新陳代謝を高めることもでき、健康面に大きくプラスに働く。それだけでなく、血行促進による疲労回復とデトックス効果にも期待できる。

そういった内容を、俺はなるべくこの世界で通じる単語を並べて分かりやすいようニックさ

んに説明をした。

「なるほど……それは興味深いな。言葉にしてみると納得できるが、実際に入ってみてどうなるかまるで想像がつかねぇ！」

ニックさんの表情は子どものようにキラキラと輝いていた。だが、なにかに気がついてすぐに冷静な顔つきへ戻った。

「だが待てよ。高温と言ったが、それをどうやって作り出す？　例の旧大会議室は広いが、中で火を焚くわけにもいかないぞ？」

「もちろんです。それに関しては熱を生み出す魔鉱石を使用して解決します」

「ヒートを？　どうするつもりだ？」

「熱を持ったヒートに水をかければ熱い蒸気が生まれます。閉め切った部屋でそれを繰り返せば室温は上昇していくはずです」

ひと口にサウナと言っても、実は種類がいくつか存在しているが、一般的に知られているのは熱した石に水をかけて蒸気を生み出し、高温多湿を保つ方法だろう。

俺はそれをアクアとヒートでやろうとしているのだ。

ただ、構想通りに魔鉱石が働くかはやってみなくては分からない面があった。サウナ部屋を作るよりも先に、そっちを検証しておかなくてはならない。

しかし、すでに回復効果のあるお湯を生み出せたのだ。

そちらもきっと成功するはず。

「これはまた驚いたね。ヒートとアクアを使って蒸気を生み出し、室内の温度を高めるなんて聞いたことがねぇ」

ニックさんの口調にはちょっと呆れが交じっていた。

ヒートもアクアもこの世界の人たちにとっては生活に欠かせない必需品。それを使って温泉を作ろうとしているのだから呆れる方が普通の反応と言える。

これで全体の説明は終えた。

腕を組み、目を閉じて、白い髭の先端を指先でクルクルと起用に回しながら考え込むニックさん。

やがて目はカッと見開き、結論を述べた。

「全面的に協力をさせてもらおう。大船に乗ったつもりでいてくれて構わないぞ」

「っ！　ありがとうございます！」

「ただし、ひとつだけ条件がある」

すんなりと話が進んでいくと喜んだのも束の間、ここでまさかの条件提示を受けた。

「な、なんでしょうか」

「俺にも君が作った風呂を利用させてくれないか？　どうにも最近腰痛がひどくてな」

「えっ？　か、構いませんよ」

なにかもっとこう、とんでもない要求でも吹っかけられるかもと心配していたが杞憂に終わったようだ。

ニックさんは腰痛を治すためと、大浴場造りのイメージを膨らませるために自らも回復効果のある風呂に浸かりたいと申し出た。

了承した俺は再び彼を連れて外へ。

冒険者たちはギルド内でダズの話を聞いている最中のため、順番を待たずすぐに入れた。

「どれどれ――うおぉ、これは素晴らしいな」

初めて味わう感覚を前に、それまで険しかったニックさんの表情が綻んだ。

「【癒しの極意】か。これまでいろんなスキルを使うヤツと出会い、若い時は意見が対立して戦いに発展したりもしたが、こんなにも応用性に優れているスキルが存在しているとは知らなかったよ。この仕事について四十年目になるが、まさかこの年になって新しい発見があるなんてなぁ」

水瓶の風呂に浸かりながら丸太のように太い腕を組んで「うんうん」と頷いているニックさん。

「ありがとうよ、ユージ。おかげで疲れがすっかり癒えちまった。こいつに浸かれる大浴場は村のいい看板となるに違いねぇ。協力させてもらうぞ」

「ありがとうございます、ニックさん」

快諾してくれたニックさんと固い握手を交わす。

疲労も消え去り、風呂から出た彼は早速ギルド内にある旧大会議室を見回しながら、一方でリウィルに使い魔をまたフォーブの町へ送ってもらうよう依頼した。

目的は町にいるニックさんの弟子たちへ「ありったけの道具を馬車に詰め込んで今日中にリーフ村へ全員来い」というメッセージを届けさせるため。

「資材の発注に関しては俺が手配する。今はちょうど大きい工事もないし、すんなり入手できるはずだ」

「工期はどれくらいかかりそうですか？」

「明日から本格的に始めて一週間くらいか」

「そ、そんな短期間で⁉」

家一軒を造るほどの規模ではないにしろ、この場所を大きな風呂として利用するとなったらかなり大規模な工事が必要となり、それに伴って工期も長くなるんじゃないかって予想はしていた。こっちの世界には重機とかないし。

だが、わずか一週間で本当に仕上げられるのか？

「任せておきな。うちには腕のいい魔法職人が複数いるんだ。おかげで他よりも作業の進みが速いんだよ」

「魔法職人？」

「クラフト系の魔法を得意としている人たちですよ。本来は手作業でしなければいけない部分も魔法でササッと仕上げられるんです」

「中には魔法職人を邪道呼ばわりする昔気質《むかしかたぎ》の職人もいるが、俺は連中の腕を買っている。なにより情熱を持って仕事に取り組んでいるからな。格好ばかり気にしたっていい仕事はできねぇよ」

自身も己の腕一本でここまできた職人でありながら、ニックさんは新しい技術も取り入れていこうとしている。

前にいた世界でも、こういう話はよく耳にしたな。

仕事で新しい試みに挑戦しようとしても、上はリスクを恐れてなかなか許可を出さない。おかげで業績は低迷を続けたまま。上昇気流には全然乗れず、ただただ決まりきった仕事をする毎日だった。

業界ではベテランの域に達していながらも、果敢に新しい試みへチャレンジするニックさんは凄いな。

尊敬の眼差しを向けていると、ダズが戻ってきた。

「待たせたな。ほとんどの冒険者が空いている時に手を貸してくれると約束してくれたよ」

「本当か！　そいつは助かる！」

「おまえさんの提案した回復効果のある大浴場って触れ込みがよかったんだよ。ひと足先に効果を体験したギャディたちの証言も大きかったみたいだ」

彼らもひと役買ってくれたのか。

協力者が多くなるのはありがたいな。

「いいねぇ。腕っぷしの強い冒険者たちが手伝ってくれるならさらに工期を短縮できるかもしれん。それに、利用者の意見を聞きながら作業ができるのもいい」

そういう見方もあるのか。

こんな調子でニックさんと旧大会議室でアイディアを出し合っているうちに、彼の弟子たちが荷物を詰め込んだ馬車に乗ってギルドへと到着。

工事期間中は近くにテントを張って生活するらしく、まずは設営と拠点作りを手際よく進めていった。

職人の数は全員で十六人。

年齢層はバラバラで、最年少は十四歳、最年長は五十歳らしい。

「賑やかになったね！」

「あたしもお手伝い頑張る！」

「風呂か。ワシも嫌いではないからのぅ。楽しみに待つとしようか」

ティナとマナは横になって大きなあくびをするシラヌイの背中に乗りながら、職人たちの仕事ぶりを眺めていた。

竜人族であるふたりは純粋な好奇心があり、職人たちがなにをしているのか気になっている様子で、一方でシラヌイは温泉がどんなものかを理解した上で楽しみにしているようだ。

すべてのテントが完成し終える頃にはすでに辺りは暗くなり始めており、本日はここで終了となる。

「作業は明日から本格的に始めていく。できればあんたには現場に残っていてもらいたいんだがね」

「パーティーとしてはもちろん許可を出す。あとはユージが決めてくれ」

ニックさんからの提案に対し、すでにダズは了承しており、最終的な判断を俺に委ねてくれた。

ダンジョン探索へさらに力を入れていきたい気持ちは当然強いが、俺のスキルでみんなを癒せるこの大浴場の建設も「もうひとつの戦いの要」と言っていいくらいに大切な役割だと思っている。

あと、露天とかサウナみたいにこちらの世界にはない施設に関しては俺が直接チェックしておいた方がよさそうだしね。

「ダズ、少しの間だけ大浴場造りに専念させてもらうよ」

「分かった。ティナとマナはおまえさんのそばに置く方がいいだろうな」

「すまない」

「そう心配するな。シラヌイもいることだしな」

「ワシが手を貸すのだから緋色の月《スカーレット・ムーン》に敗北はない。代わりにユージよ、最高の風呂を用意しておいてくれ」

「任せてくれ」

こうして、俺たちは作業に集中するため一時的にパーティーでの活動を停止。

明日からは職人たちと一緒に最高の風呂を完成させるために汗を流すぞ。

◇◇◇

次の日。

ダンジョンへ挑むダズたちを見送った後、ニックさん率いる職人軍団と例の旧大会議室に集まって本日の作業工程について確認する。

各々の分担を把握してから作業へと移るのだが、手の空いている冒険者たちが率先して作業へ手を貸してくれ、大幅な効率アップへとつながっていた。

建築に関して専門知識を持っていない冒険者がほとんどなので、彼らには主に力仕事を担当してもらう。

まずは傷んでいる床をはがし、さらに土台の強化もしていく。こちらは職人たちによる丁寧な仕事が求められるため、協力してくれる冒険者たちは届いた大量の木材を担いで現場へと持ち込む作業が割り当てられた。

次々と馬車が来て木材を置いていってくれるのだが、問題はお金だな。

一応、費用は俺が冒険者として稼いだ報酬から出すつもりでいる。それと、リウィルに話を持ちかけた際、ギルドの施設になるのだからと資金提供を提案してくれた。さらには他の冒険者からのカンパもあってかなりの額が集まっている。途中からクラウドファンディングみたいになってきているな。

ともかく、みんなの協力もあって資金には困らないはずだが、それでも無駄な出費をなくして必要最低限の予算に収めたいところだ。

職人と冒険者たちによる作業は当初の想定よりもずっとスピーディーに行われていき、あまりにも息ピッタリなのでニックさんも驚いていた。

「彼らの働きは大きいな。あと、心強いふたりのお姫様もいる」

そう語ったニックさんの視線の先には、椅子に座って職人や冒険者たちを応援しているティナとマナがいた。

確かに、あんな可愛い女の子に「頑張って」と声をかけられたら、おじさんたちは張り切っちゃうよなぁ。職人の中にはふたりと同じ年頃の子どもを持つ者もいるらしいし。

そんな調子で解体作業は午前中のうちに終了。

下準備が調ったので、ここからは造り上げていく工程へと移る。

昨日ニックさんに見せた図面には部屋の真ん中に壁があって、男女で浴場を別にしていると書いてあった。なので、まずはちょうど真ん中に壁を造り、それから浴槽へと取りかかる手順でいこうと再確認。

職人たちは必要な道具を取り出し、抜群のチームワークで作業へと取りかかった。

一方、冒険者たちは露天で使用する仕切りの製作に着手。こちらは比較的簡単らしく、職人の経験がある者たちを中心に風呂場となる範囲の長さを測ったり、木材を切ったり、自分たちでやれる範囲の仕事をこなしていく。

しばらくすると、仕事の合間を縫ってリウィルが進捗状況をチェックしにやってくる。ギルドマスターとしての業務で多忙なので現場での判断は俺に一任されているが、やはり気になるようだ。

「わわっ⁉　もうこんなに進んだんですか⁉」

開口一番に驚きの声をあげるリウィル。

彼女の気持ちはよく分かるよ。

「冒険者たちと職人たちがうまく協力をし合って作業をしてくれているおかげだよ。この調子なら工期も短縮できるだろうな」

「さすがですね。みなさん、頑張ってください！」

「「「「おおう！」」」」

リウィルからの声援を受けて野太い声が返ってくる。これでさらに士気は上がり、作業のペースもアップした。

「リウィル嬢は相変わらずだな。小さい頃からなにも変わらねぇ」

「そんなに昔から彼女を知っているんですか？」

「もともとはリウィル嬢の父親と仲がよかったんだ」

「ここの先代ギルドマスターですよね」

「そうだ。あいつ自身も昔は冒険者でな」

新たにギルドマスターとなったリウィルだが、それは彼女の父親の影響が強かった。まだまだ若く、経験の浅いリウィルだが、幼い頃からここで冒険者たちの活躍を目の当たりにしていただけあってダンジョンなどに関する造詣は深く、優しい性格で信頼も厚い。

「あんたが所属する緋色の月《スカーレット・ムーン》のリーダーであるダズも世話になっていたんだ」

「だからダズはここのギルドに……」

「まあ、俺も似たような境遇だ。昔ダンジョンで冒険者生命を絶たれるほどの大怪我をしちまってなぁ。失意の底にいた俺を救ってくれたのがリウィル嬢の父親だった。知り合いの職人に俺を紹介してくれてな。そこで修行をして今に至るってわけだ」

「そ、そんな過去が」

世話好きってレベルじゃないな、リウィルの父親は。そしてそれは娘であるリウィルにもしっかり受け継がれている。

「あんたも運がいいな。ダズから聞いたが、森でさまよっていたんだろう？　あの子じゃなければ追い返されていたかもしれないぞ」

「確かにそれは言えますね」

思えば、素性もよく分からない俺をダズが助けてくれて、リウィルがこの村へ迎え入れてくれたんだよな。ニックさんの言うように、このリーフ村以外だったら閉め出されていたかもしれない。あの時はスーツだったし、竜人族の幼女ふたりを連れているし。

助けてくれたリウィルへ感謝の気持ちを抱いていると、本人がこちらへと小走りに近づいてくる。

「お風呂だけならすぐに完成しそうな勢いですね」

「そうだなぁ。風呂だけならあと三日くらいか」

白髭を撫でながら、ニックさんがそう漏らす。

三日で完成って、当初の工期の半分くらいじゃないか。最初は驚いたけど、今くらいのハイペースが続けば彼の言うように三日で完成してしまいそうだな。

「ただ、他についてはどんな物か見当がつかないからどれほど時間がかかるのかまったく予想がつかん」

残っているのは露天とサウナ。

これらはこちらの世界にない施設だからな。

どうなるかは俺次第ってわけか。

一応、例の図面にはサウナを造るために部屋を増設する案を出しておいた。付け加えるのは小屋サイズで、ニックさん曰く、これくらいなら一日でできるとのこと。

あと必要なのはアクアとヒートのふたつの魔鉱石。

幸いなことに、どちらもリーフ村近くにあるダンジョンで採掘できるらしい。採取クエストにも入っていて入手はお手軽だという。

なんかもうすべてがいい方向に進んでいるな。

もとの世界ではなにもかもうまくいかなくて失敗ばかりだったから、こちらの世界ではうまくいっているのかな。成功が重なると自信につながって精神的な負担も減っていく。

昼食を挟み、午後からの作業では浴槽造りを職人たちに任せ、俺は冒険者たちとともにサウナと露天造りに力を入れていった。

魔鉱石についてはリウィルの厚意でいくつか分けてもらう。

その際、ふと気になったのはヒートの魔鉱石の出所だった。

アクアに関してはブルー・レイクにあった地底湖の湖底にあるのを目撃しているが、こちらはまったく情報がない。とはいえ、大体の予想はできるが。

「ヒートの魔鉱石はサンド・リバーで採れるんです」

サンド・リバー、か。

まだ俺が足を踏み入れていない、三つあるダンジョンのうちの最後のひとつ。

前にダズが話していたな。

グリーン・バレーやブルー・レイクに比べ、このサンド・リバーは攻略が難しく、中級者以上でなければオススメはできないと。

彼のパーティーは若者が多く、最近になってさらに俺やティナ、マナの冒険者素人が三人も新たに加わったので探索に出ていなかったが、どんな場所なのか気になるな。

名前から想像されるのは大きな砂漠。

森や湖があったんだから、砂漠くらいあってもなんら不思議じゃない。

ともかく、ヒートの魔鉱石はそこで採掘されるようで、おまけにレア度は低く手に入りやすいのだとか。実際、今日のお昼にサンド・リバーから戻ってきた冒険者たちの多くはヒートの魔鉱石を持ち帰っていた。

数は合計で十二個。

これでも少ない方だとリウィルは言う。

使用してみた感覚とサウナとなる部屋の規模から想定すると、魔鉱石ひとつで三日くらいもちそうなんだよな。

おかげで魔鉱石不足に悩まされる心配はなさそうだ。

露天とサウナの作業場を行ったり来たりしているうちに、辺りは夕焼けでオレンジ色に染まっていた。

「も、もうこんな時間か」

自分の感覚としてはまだ昼休みが終わって一時間くらいしか経っていないのだが、夜が近づいているとなると四時間以上は経過していることになる。

「ははは、作業に没頭するとみんなそうなっちまうよ」

驚いている俺に、ニックさんは笑いながら告げる。

自分でもまさかこれほど集中力が持続するとはビックリだ。サラリーマン時代もこれくらいやれたら営業成績も変わってきただろうに……まあ、あっちは向いていないからそもそも一分すら集中できていないかもしれない。いつも「家に帰ってからなにをしようかな」ってばかり考えていたからな。

こっちではむしろ仕事が最高のやりがいになっている。

結局は個々の適性の違いだろう。

冒険者の探索も同じだな。

作業の片付けを手伝っていると、探索から帰還したダズたちがやってきた。

「おかえり、ダズ」

「おう。おまえさんたちも元気だったかぁ？」

彼らを労おうと近づいていったティナとマナの頭を大きな手で撫でながら、ダズはニコニコと笑っている。あの調子だと、今日の探索は大成功だったようだな。

「いい収穫があったみたいだね」

「まあな。それより、どこまで完成したのか見てもいいか？」

「もちろん。でも、明確に違いが確認できるのは大浴場くらいだぞ？」

「構わないさ。どれどれ……」

俺からの許可を得たダズは、早速職人たちが手掛けている大浴場へ。

「おぉっ！　一日でかなり進んだな！」

そこには彼がダンジョンで仕事をしている間に職人たちの技によって姿を変えつつある大浴場が。

「これだけ大きければ一度に十人以上は余裕で浸かれるな」

「外にも風呂を造るつもりだから、収容人数はもっと増えるはずだ」

「そいつは楽しみだ。他の冒険者たちも完成を楽しみにしているようでな。ダンジョン内ですれ違ったヤツらにいろいろと聞かれたよ」

そんなところでも話題に上がっているのか。

ちょっとプレッシャーを感じるが、期待に応えたいって意欲の方が勝っていた。昔の俺だったら、絶対にあり得ない感情だな。世界が変わったと同じように、俺の考え方にも変化が訪れているようだ。

「ダズの話を聞いていたら、なんだか体が疼いてきたな」

「おいおい、もう暗くなるんだから作業の続きは明日からにしろよ？　ティナとマナも眠そうだしな」

彼の言う通り、ティナとマナはあくびをしたり目をこすったり眠そうにしていて、近くではシラヌイが爆睡中。眠気が移ったかな？

「しょうがないな」

夕食の時間ではあるが、ふたりの場合はそれよりもぐっすりと眠りたいだろう。ひとりずつ順番に部屋にあるベッドへと背負っていき、寝かしつける。

戻ってくると、そのままギルドに併設する食堂へと移動。

ひと足先に入っていたダズたちはすでに食事の真っ最中だった。

「すっかり父親姿が板についてきたな」

「うーん……そうか？」

父親どころか結婚すらしていない俺にはよく分からないな。

そもそも、あの子たちの両親っていったいどうしているんだろう。

実はリーフ村での生活が落ち着いてから竜人族に関する詳しい情報を集めているのだが、未だにハッキリとした事実は分かっていない。

竜人族は他種族と接触する機会が極端に少ないらしく、ほとんどが謎に包まれている。これが最も多い見解だった。

いつか竜人族の多く住んでいる土地を訪ねてふたりの両親を探そうと思っていたのだが、先行きは不安だな。

けど、あきらめたわけじゃない。

根気よく、少しずつでも有力な情報を得られるようにこれからも続けていくつもりだ。

夕食をいただきつつ、俺はギルド改装に並ぶもうひとつの目標達成に向けて決意を強めるのだった。

◇◇◇

翌日以降もたくさんの冒険者たちが作業の手伝いに名乗りをあげてくれた。

魔鉱石の提供も多く寄せられ、完成へと期待度は高まっていく。

職人たちの的確な仕事ぶりと多くの協力により、想定していた大浴場の完成に一週間という工期はかなり縮まり、すべての施設を含めて五日で終了したのだった。

「よし。あとは最終チェックだけだな」

風呂場は完成したので癒し効果の湯を用意し、実際に入ってみることに。

記念すべき第一号の利用者はここまで頑張ってくれた職人や冒険者たちに決定。

魔鉱石アクアの力で水を溜めると、そこにスキル【癒しの極意】を使用して回復能力を高めていく。さらに風呂の底に仕込んだ魔鉱石ヒートでお湯にすれば真の意味で完成となる。

試しに俺が手を入れてみる。

温度は適温。

重い木材を運んだ際に肘を痛めていたのだが、お湯から手を出すと痛みは綺麗サッパリ消えていた。

「問題なさそうだな」

理想的な効果が得られ、思わず口元が緩む。

背後にはすでに服を脱ぎ捨てて準備万端の職人や冒険者たちが控えているが、俺は振り返って彼らにこう伝えた。

「それじゃあ早速みなさんに入ってもらいましょう」

「「「「おう！」」」」

待ってました、と言わんばかりに前進する男たち。

だが、なにかに気づいた彼らは立ち止まり、ひとりの男へ道を譲る。

「親方！　まずは親方が疲れを癒してください！」

ひとりの職人が呼びかけた相手はニックさんだった。

「そうだな。やはりここはニックさんに行ってもらおう」

続いてダズがそう告げたことで「ニック」コールが巻き起こる。本人もこういうノリは嫌いでないらしく、「バカ野郎どもが」と言いながらも嬉しそうに浴槽へと近づいていく。

――っと、その前にルールを伝えておかなくちゃな。

「あ、湯船に入る前にまずは湯で軽く体を洗い流してください」

「体を？　なぜだ？」

「俺のいた国ではそれがマナーなんです。ここはひとりで入るわけじゃなく、いろんな人が利用する公共の場ですから」

「なるほど。他者への配慮か」

「そういうことです。こいつを使ってみてください」

そう言って俺がニックさんへ手渡したのは桶だった。

もちろん、この世界に桶なんてものは存在しないため、職人たちに作ってもらった物だ。

「おお！　これなら湯を掬いやすいな！」

ニックさんは早速桶を使って体に湯をかける。

そして、いよいよ湯船へと足を踏み入れた。

「ゆっくりと腰を落として肩まで湯に浸かってみてください」

「どれどれ……」

指示通りに少しずつ肩までしっかりと湯に浸かっていくニックさん。

「ん〜？　んおお⁉」

最初は湯に体を浸けるという未知の体験にわずかながら戸惑いの色を覗かせていたようだが、体がその感覚と熱に慣れると徐々に顔が綻んでいった。

手応えとしては上々と捉えてよさそうだ。

「どうですか、ニックさん」

「こいつは……正直予想以上だぜぇ……」

呆《ほう》けた声色のニックさんに、彼をよく知る職人たちは顔を見合わせながらそれぞれが驚きのリアクションを取っていた。

仕事中の凛々しくも荒々しいこれぞ職人のお手本といった調子のニックさんが、まるで無邪気な子どものように顔中を弛緩《しかん》させているのだから、そういうリアクションになってしまっても仕方がない。

「なにをボケッと突っ立ってんだ。おまえらも入ってみろよ」

「で、では」

ニックさんに誘われて次に入ったのはスキンヘッドの若手職人。彼もまた同じ手順をたどって湯に浸かると、

「お、おぉ～……」

気持ちのよさが伝わる息づかい。

それに触発されて、残ったメンバーも次々に湯船へと入っていく。

職人たちの中には癒し効果のある風呂など本当にあるのかって半信半疑だった者もいたようだが、実際に肌でそれを体感し、疑惑の念は一蹴された。

それと、これだけの大男が五人以上入っても、まだまだスペースには余裕がある。当初は十人くらいを想定していたが、これならばさらにあと五人分くらいは余裕がありそうだ。

「親方の言う通り、想像以上だな、こいつは」

「ああ。体の疲れが取れていくのが分かるよ」

「俺なんて膝の古傷の痛みまで飛んじまったぜ！」

男たちは口々にお手製温泉を絶賛した。

そんな様子を見ながら、俺はスキルによる効能を分析していた。

結果、少なくとも筋肉痛、関節痛、切り傷、火傷――こういったあたりに絶大な効果をもたらすことが発覚する。それ以外にも、詳しい調査が必要だが、たとえば神経痛や打ち身などにも効果があるかもしれない。

効果を調査する一方で、お風呂を満喫している男たちからは絶賛の声が相次いだ。

「ユージ！　こいつは間違いなく大ヒットするぜ！」

「これなら毎日だって浸かりたいくらいだ！」

「そこまで好評ならばワシも浸かってみるかのぅ」

そう言って風呂場に入ってきたのは妖狐シラヌイだった。すでにもふもふの毛は濡れているので誰かに体を洗ってもらった後のようだ。

「では失礼する」

三メートル級の巨体が湯船に浸かると、さすがに大量のお湯が溢れ出る。だが、風呂に仕込んだ魔鉱石アクアの効果で補充され、さらにヒートの効果によって温められていくのですぐに元通りとなるだろう。

とはいえ、さすがに幅を取りすぎるのでシラヌイ専用の湯船を用意した方がよさそうだ。これは今後の課題のひとつとして記録しておこう。

「そういえば他にもなにか作っていたよな！」

「サウナと露天か」

シラヌイの背中にもたれながらお風呂を楽しむひとりの冒険者がそう尋ねてくる。

そう。

完成したのは大浴場だけではない。

まずは俺も作業を手伝った露天風呂だ。

大浴場にはドアがあり、そこから外へと出られる仕組みになっている。説明を受けた男たち数人が外へ出てみると、そこは四方を柵で囲まれており、床や湯船は岩を使って雰囲気を日本の露天風呂に近づけていた。

「外で風呂とはまた変わった感覚だな」

「しかし、開放感があって悪くない！」

こちらの評判も上々のようだ。

ちなみに露天風呂は女風呂の方にも設置してあり、こちらは除き防止のためブルー・レイクでモンスターの侵入を防ぐ際に使用した結界スキルで守られている。

露天風呂を楽しんでいる冒険者たちと一旦分かれ、続いて紹介をするのはサウナだ。

前の世界にいた頃、一時俺もめちゃくちゃハマって足繁く通っていたのを思い出しながら造ったそこは、ヒートとアクアの魔鉱石を利用して生み出した熱々の蒸気によって満ちていた。

もちろんすぐ隣には回復効果のある水風呂も設置してある。

そんなサウナに次々と乗り込んでいく男たち。

「ぐおっ⁉　なんだ、これは⁉」

「温度を間違えていないか⁉」

「これでいいんですよ」

初めて体験するサウナの熱気に、百戦錬磨の冒険者たちや腕自慢の職人たちもたまらずたじろいだ。こう思うと、平気な顔して居座っているおっさんとか実は凄いんだなぁって変に感心してしまった。

「まずは俺も一緒に入ります。合図をするまで耐えてください」

「よ、よし」

「ユージがそう言うなら……」

「これも鍛錬の一環と思えばいいか」

乗り気ではない感じでサウナに挑むのは三人の男たち。

約束通り俺も一緒に入って熱気に耐える。

通常は十分前後で退室するのだが、彼らは今日が初挑戦となるので五分ほどにしておこう。

目を閉じて意識を集中しつつ、時間を頭の中で計測していく。

徐々に全身から汗が噴き出してくる。この汗と一緒に体の中の悪い成分が流れていくような感じがいいんだよなぁ。ただ、初挑戦となる三人にとってはそんな余裕などなく、もはやただの苦行となっているようだった。

「ま、まだなのか、ユージ」

「そうだな。そろそろ出ようか」

「「「っ⁉」」」

退室の合図を口にした瞬間、男たちは一斉にサウナを飛び出して水風呂へ。いきなり浸かるのではなく汗を流してから入るよう促すと、男たちは渋々ながらもきちんと手順をこなして水風呂へとダイブする。

「ぐおぉ……」

「あ、熱かった……」

「けどなぜだ……凄く気分がいい」

「……実は俺もなんだ」

「お、俺も」

サウナの熱さと水風呂の冷たさ。相反するふたつの感覚を交互に味わうことで交感神経が刺激され、一種の陶酔感を得るらしい。

「――それが『整う』ってことだ」

「「「整う……」」」

三人は呆けた表情で呟く。

満足そうな彼らの表情を目の当たりにした結果、「挑戦したい！」とサウナを希望する者が続々と出現。さすがに何度も一緒に入るわけにはいかないので、利用する上での注意点を説明しておいた。

サウナはリラックス効果もあって俺自身も大好きなのだが、特性上、予期せぬ事故によって大惨事を招いたってケースを耳にする機会もある。

また、「整う」という感覚を得られるかどうかは個人差があって、彼らのように初挑戦でそれを味わえる者もいれば、何度挑戦してもなかなか感じ取れない者もいる。あとは脱水症状によってめまいなどが発生するケースもあるため、用心しておかなくてはいけない。

だが、安全に配慮して利用すれば効果は絶大だ。

さらに俺はこの日のために隠してきた最終兵器を導入しようと動き出す。

ちょうど今朝早くに頼んでいた品物が届けられていたので早速試すとしよう。

「ユージ？　それなに？」

「変わった形だね」

取り出した物を目の当たりにしたティナとマナは不思議そうにそれを眺めている。同じ物はこの世界にもたくさんあるが、このような形状をしているのはないだろう。

「こいつはとっておきなんだ。間に合ってよかったよ」

届いたブツを手にした俺は食堂へ移動。

ここには魔力を込めることで冷気を発する魔鉱石アイスが仕込まれた棚がある。俺が以前暮らしていた世界でいうところの冷蔵庫だ。

普段は食料などを保管しておくために使用されるのだが、今回はある飲み物を冷やしておくために前日から作って入れておいたんだよな。

それはコーヒーと牛乳を混ぜた飲み物――その名もコーヒー牛乳だ。

俺はこいつをフォーブのガラス職人に作ってもらった瓶に注ぐ。

やはりコーヒー牛乳を飲むならこの形状の瓶じゃないと風情がないよな。

「しかし、さすがはフォーブでも一番と称されるガラス職人の技。俺が描いたデザイン通りの出来じゃないか」

クオリティーの高さに思わず笑みがこぼれる。そこへキンキンに冷えたコーヒー牛乳を注げばもう完璧だ。味は昨日のうちに確認済みなので、今回は試飲という形でみんなに振る舞うつもりでいる。

「風呂上がりにはこいつがいいぞ」

ティナとマナにも手伝ってもらい、完成したコーヒー牛乳を注いだ瓶を利用客のもとへと運んでいく。最初は泥水みたいな色をした飲み物に抵抗感を抱いた様子だったが、「ユージのオススメなら味は保証できる」とダズが先陣を切って瓶を手にし、一気に瓶に入ったコーヒー牛乳を飲み干した。

「っ!?　う、うまい!?」

ダズはシンプルにコーヒー牛乳の味を伝えた。

いつも朝食の際に気になってはいたのだが、こちらの世界ではコーヒーといえばブラックしかないらしく、砂糖やミルクを使うことがない。

なので、甘味のあるコーヒーは初体験だろう。

とはいえ、俺がかつて暮らしていた世界で売っていた一般的なコーヒー牛乳はもっと甘かったな。あれは牛乳本来の甘味に砂糖を加えているからこその甘さ。こちらの世界では少し控えめくらいでも感動するには十分だったようだ。

「この色合いに味……そうか！　コーヒーに牛乳を混ぜているんだな！」

「正解。さすがだな」

コーヒーにうるさいダズはすぐさま見抜いた。

彼のリアクションを目撃した者たちは「ゴクッ」と喉を鳴らし、「同じヤツをくれ！」とコーヒー牛乳を手に取っていく。

「うっっっっめぇぇぇぇぇ！」

「火照った体にこいつは最高に合うな！」

「くっはぁぁぁぁ！」

たとえ世界は違っても、リアクションはあまり変わらない。

風呂やサウナで汗を流し、コーヒー牛乳で喉を潤す。

髪も瞳の色も違うし、普段の生活スタイルだってまるで違う。それでも、彼らの反応は俺がサウナに通っていた頃よく見た利用客たちとまったく同じだった。

関心を抱いた冒険者たちはサウナに集まり、ついには順番待ちの状態にまでなってしまうほどに。最初に入った三人がうまいこと先導役として機能しているのでここは彼らに任せるとしようかな。

これで施設をひと通りチェックし終えたが、どれも想定以上の好評ぶり。みんなに満足してもらえたようで安堵していると、サウナに並んでいたダズが声をかけてきた。

「おまえのスキルによる効果があるとはいえ、湯に浸かる行為がここまで気持ちのいいものだとは思わなかったよ」

「俺たちの国の文化を気に入ってもらえて嬉しいよ。しっかり体を癒してくれ。俺は外にいるリウィルたちに報告をしてくる」

「おう！」

すっかり腑《ふ》抜けた声を発するダズ。

そんな姿にも温泉の効果を感じつつ、外でティナとマナの相手をしつつ待機していたリウィルへ上々の結果と、これならすぐにでも一般利用が可能であると知らせた。

「やりましたね！」

「リウィルが協力をしてくれたおかげでもあるよ」

「そんな、私なんて他のみなさんと比べたら微々たるもので……」

謙遜するリウィルだが、ギルドの責任者である彼女が俺を信用して任せてくれなかったら、そもそも完成どころか着手すらできなかったわけだしな。

「そういえば、女性専用のお風呂もあるんですよね」

「ああ。こっちも男性用と同じ構造になっているんだが、入ってみて」

「ぜひ！」

食い気味に入浴を希望するリウィル。

ギルドには男性に比べると数が少ないとはいえ女性冒険者もいるし、リーフ村に暮らしている女性の村人にも利用してもらいたい気持ちがあった。

今は女性冒険者のほとんどが出払っているため、日を改めて利用した感想を尋ねようと思ったのだが、やはり真っ先に感想を聞きたいのは功労者のひとりであるリウィルだ。

「悪いけど、魔力で魔鉱石を動かしてくれないか。俺はまだ魔力の制御ができなくて」

「は、はい」

こればっかりはまだ俺ひとりだとできないからなぁ。早く扱えるようにならないと。

準備が調ったところで、俺はリウィルにある物を渡す。

「こいつに着替えてきてくれるか？」

「えっ？　服を着てお風呂に入るんですか？」

「湯浴《ゆあ》み着と言って、俺の故郷ではこういうのを着るんだ」

事前にダズを通してサンプルを発注しておいたのだが、ちょうど昨日届いたんだよな。タイミング的にはドンピシャだったな。

「まだ試作の段階なんだけど、ぜひ感想を聞きたいんだ。それに、これを着ていた方が安心できるだろ？」

「わ、分かりました。着替えてきますね」

受け取った湯浴み着を見つめながら、リウィルは一旦その場を離れる。彼女が戻ってくるまでの間にティナとマナは湯浴み着への着替えと入浴準備を終えたが、ふたりも最初はリウィルに入ってもらいたいらしく、戻ってくるまで我慢するつもりのようだ。

五分ほど経つと、着替えを終えたリウィルが帰ってくる。

「ど、どうでしょうか」

湯浴み着姿のリウィルは少し恥ずかしそうだった。

……無理もないか。

よくよく考えたら女湯におっさんがいて、しかも湯浴み姿の二十代女性と正面から向かい合っている。非常にまずい絵面だ。

さすがに俺は引き下がった方がいいかなとも思ったが、露天やサウナの説明をしなければならないので残ることに。

とりあえず、お湯へ浸かるまでの作法については教えてあるので、それに従いまずはお湯をかけた。

「さ、さあ、どうぞ」

「では、失礼しますね」

リウィルはティナとマナを連れて一緒にお風呂へ。

「わあ……凄く気持ちいいですねぇ」

「うん！」

「はふぅ」

ダズたちと同じように呆けた表情を浮かべるリウィル。ティナとマナも初めて入る癒し効果があるお風呂にご満悦であった。さらに、サウナや露天風呂といったこの世界にない施設も体験。終始テンションが高く、楽しんでくれているようでひと安心だ。

すべてを堪能し終え、最後にもう一度風呂へと入ったリウィルは口を半開きにした状態で天井を見つめながら話し始める。

「ユージさん……これは間違いなく人気が出ますよ」

「君にそう言ってもらえてよかったよ」

「私もこのお風呂好き！」

「ユージのお風呂大好きぃ！」

ティナとマナもすっかり気に入ったようだ。

じっくりと大浴場を楽しんだリウィルは、風呂上がりでホカホカ状態のまま自身の執務室へと直行。

なんでも、この大浴場をアピールするための看板を設置するつもりらしく、デザインを自ら手掛けるらしい。

俺は芸術的なセンスが皆無のため、リウィルがやってくれるならぜひお任せしたいところではある。

一方、男風呂の方は相変わらず大盛り上がりだった。

特に人気を博したのがサウナで、今も長蛇の列ができている。

ちなみに、この後で女風呂の方も開放し、女性冒険者たちが利用を開始。この頃になるとリウィルがギルドマスターとしての仕事に戻ってきたということもあり、説明役を買って出てくれた。

本来なら業務で忙しいはずだが、ギルドの新しい顔となるかもしれない施設だからと積極的にやってくれた。さすがに俺自身が女風呂に入るわけにもいかないので正直とてもありがたかった。後で本人にお礼を言いに行ったのだが、「みんな新しい施設が楽しみみたいでギルドにほとんど人がいなかったんです」と笑っていたな。

ともかく、こうしてリーフ村のギルドに新しい施設は誕生した。

評判も上々のようだし、これからどんどん盛り上がっていってもらいたいな。

第五章　双子竜人族の秘密

新しいギルドの癒しスポットは連日大盛況だった。

負傷した冒険者たちは回復効果のあるお風呂で傷を癒し、さらにはサウナで汗を流し、さらには露天風呂でまったりと心身ともにリフレッシュできていた。

薬草を買い込んだり回復士へ依頼をしたりするよりずっと安価で利用できるのも、人気の理由のひとつだ。

これによって嬉しい誤算も生まれる。

ダンジョンを探索する人の数が増えたのだ。

リウィルの話では、リーフ村近くにある三つのダンジョンのうち、難易度が最も高いとされるサンド・リバーは未だに最奥部へ到達した者がいないらしい。

彼女の父親で先代のギルドマスターも、現役の冒険者時代からサンド・リバーの完全攻略を狙っていたらしいが夢半ばで引退。後進の育成に力を入れ、自分の代わりに完全攻略を達成する者が現れるのを待っていたらしいが、残念ながらその偉業の瞬間に立ち会うことなく亡くなってしまったのだ。

ダズやグレンといった実力者であっても、サンド・リバーの完全攻略はかなり難しいようだ。

特にかつて上位ランクに入る一流冒険者パーティーで幹部をしていたダズは、過去に所属した凄腕パーティーであっても容易に攻略できる場所ではないと断言する。

ただ、挑戦する冒険者の数が増えれば、最奥部到達も夢じゃなくなる。

そんな希望をリウィルは抱きながら、今日もギルドマスターとして、さらにはリーフ村の村長として奔走していた。

一方、俺も冒険者として次なるステップに足を踏み入れようとしている。

温泉が完成してから一週間後。

これまでグリーン・バレーとブルー・レイクを攻略してきたが、ついに最後のひとつであるサンド・リバーへと挑戦することが決定したのだ。

今日はまず準備のためギルドでリーダーであるダズを中心に数人と打ち合わせをしていた。

「おまえさんなら大丈夫かと思うが、サンド・リバーはこれまで探索してきたダンジョンとはわけが違う。気を引き締めていくぞ」

「ああ、了解だ」

あのダズでさえ苦戦するダンジョン。

すでに二ヵ所を攻略し終えたとはいえ、油断などもってのほか。

打ち合わせが終わり、ティナとマナのふたりにも重要性を教えておかなくては。

「——って、あれ？　ティナとマナはどこへ行ったんだ？」

さっきまで追いかけっこをして遊んでいたはずだが、いつの間にかいなくなっていた。

緋色の月《スカーレット・ムーン》の中でもぶっちぎりの戦闘力を誇るふたりなので、連れ去られたなんてことはないだろう。そんなヤツがいたら、黒焦げになっているか感電して倒れているかのどちらかだ。

しかし、そんな形跡もないのでどこかにはいるはず。

捜し回りつつシラヌイやギルド内にいる冒険者たちにも情報を求めていると、外での目撃情報がチラホラと集まった。

「外か。あの子たちが俺からそんなに離れるのは珍しいな」

最近は以前よりも人見知りがなくなり、初めて顔を合わせる冒険者であってもすぐに親しくなれるくらい人懐っこくなっていた。

ただ、それでも俺の目の届く距離にはいた。

少しずつ環境にも慣れてきてはいるが、まだまだ分からないことも多い。本人たちも自覚しているから、困った時にすぐ対処できるよう俺のそばから離れなかったのだ。

けど、自分たちの意志でギルドの外に出たのなら、立派に自立できているって証なのかもしれないな。

「娘の成長に複雑な心境を抱く父親ってこんな感じなのかなぁ」

俺自身、五歳くらいの双子の娘がいてもおかしくはない年齢だが、結婚はおろか恋人さえいない。子育てなどイメージすらできないが、なんとなくそんな気持ちになってくるのはきっとあの子たちの父親代わりになれたらって思いがあるからだろう。

ギルド周辺を歩き回りながらそんなことを考えていると、ようやくふたりを発見——したものの、ふたりは慌てた様子でこちらへと駆け寄ってくる。

「どうしたんだ、ふたりとも。なにかあったのか？」

焦りがうかがえる表情だったので、異変が起きているのではないかと察した俺はそう尋ねてみた。

すると、ふたりは口を揃えて「こっち！」と俺の手を引っ張っていく。

連れてこられたのは村から少し外れた場所にある森の中。どうしてこんな場所に来たんだと疑問に思っていたら、突如目の前に倒れている女性を発見する。出で立ちからして彼女も冒険者のようだ。年齢はリウィルと同じくらいか？

「なっ⁉」

まさかの展開に驚いていると、マナが「私たちと同じ」と告げた。

同じというのは負傷しているって意味だろうか。

俺とティナとマナが初めて会った時、マナの方が動けないほどの怪我をしていたからな。

きっと森で行き倒れとなってしまった女性にかつての自分を重ねたのだろう。

ともかく、まずは冷静に彼女へと近づき呼吸を確認。

「っ！　まだ息はあるぞ！」

どうやら死んではいないようだ。

俺は女性に何度も声をかけるのだが、まったく応答がない。かなり危険な状態かもしれないと、俺はスキルを発動させて治療をしようとしたが、直後、「ぐぅ～」とお腹の鳴る音が周囲にこだまする。

「……えっ？」

呆気に取られていると、女性の口が微かに動いた。

「お腹……空いた……」

消え入りそうなほどの小声でそう訴える青髪サイドテールの女性。

大怪我でも病気でもなく、ただ単に空腹で動けなくなっているだけのようだった。

一瞬、あまりにも間の抜けた理由だったため思考が停止してしまったが、腹の減りすぎだって大事だ。

「飯が食いたいなら案内してやる。だからそれまで意識をしっかり保ってくれ」

「わ、分かった……」

虚ろな目でそう告げた彼女の様子からいよいよヤバい状態に入ったと悟った俺は、抱きかかえてギルドに併設する食堂へと走る。

「ミッチェル！　なんでもいいからこの人にご飯を！」

「きゅ、急にどうしたんだよ、ユージ」

食堂へ入ったと同時に専属料理人であるミッチェルに頼み込む。

彼も以前は冒険者だったが、仲間から裏切られてパーティーを追放され、弱り切っていたところをリウィルの父親に救ってもらった過去があった。

そのため、体調が回復してからは冒険者をスッパリと引退し、ギルドを盛り立てるために料理の修業を続け、ついにはギルドに併設する形で食堂をオープンさせた。

元冒険者なので彼らがどんな料理を求めているのかを熟知しており、味のよさもあって評判となっていた。

そんなミッチェルは事情を完璧に把握できてはいないようだったが、明らかに栄養不足で状態の悪い女性を確認するとすぐに目つきが料理人のものへと変わる。

「任せろ、ユージ！　今すぐに腹いっぱいうまい物を食わせてやる！」

力強く宣言したミッチェルはすぐさま魔鉱石ヒートに魔力を注ぐと、その上にフライパンをのせた。

「お嬢ちゃん！　肉は好きか！」

「あ、ああ、好きだ」

「ならメニューは決まりだな！」

魔鉱石アイスを使用した冷蔵庫からとんでもないサイズの肉を取り出すと、それを切り分けてステーキに。

手際よく調理を進めていくこと数分。

しおれかかっている女性冒険者の前に、分厚いサイコロステーキがのったお皿が到着する。

「まずは前菜だ！　そいつをつまみながら次を待ってな！」

前菜と呼べるようなボリュームではないのだが、ここでは割と普通なんだよな。サラダ感覚でステーキが出てくるんだよ。今度野菜を使ったヘルシーな日本食を教えようかな。

とにかくもうちょっと軽めのメニューをお願いしようとしたのだが、ふと女性冒険者の方へ視線を移すと、すでに皿の肉が半分くらいなくなっていた。

「早っ⁉」

思わず本音が口からこぼれる。

しかし、彼女はまったく気にする素振りもなく、恍惚の笑みを浮かべながら肉を食べ続けていた。あまりの食欲に、心配していたティナとマナも呆れている。

豪快すぎる女性冒険者の食べっぷりに、周りで食事をしていた他の冒険者たちの注目が徐々に集まっていった。

やがてこちらの賑わいはギルドの方へも伝わり、何事かとギルドマスターであるリウィルと騒ぎを聞きつけたシラヌイがやってくる。

「ユ、ユージさん？　これはいったいどういう状況なんです？」

「また厄介ごとかのぅ」

「話せば長く――いや、短いか。とにかく近くの森で倒れていた女性がよく食べる人だったんだよ」

「？　サッパリ分かりません……」

「同じく」

うん。

俺も説明していて「なにを言っているんだろう」って首を傾げたよ。

とにかくこのおかしな状況を整理するためには、この謎の女性冒険者から話を聞く以外に方法はない。

怒涛の勢いで食事を続ける女性冒険者。

もはや人間離れしている食欲が収まるまで待っていると、やがて彼女の手が止まる。

「はあぁ……おいしかった」

満足げに呟いた後、俺とリウィル、そしてティナにマナ、さらにはさっきまで「いい食いっぷりだ！」と囃し立てていたが今では勢いに押されて茫然としている冒険者たちなどなど、食堂に居合わせた者たちの視線を独占していることに気づき、女性冒険者はハッとなって顔を赤くした。

「お騒がせして申し訳ない……ここ数日まともに食事をとっていなくて……」

それはあの勢いある食事風景でなんとなく想像はできたが、驚くべきはテーブルの上に山積みになっているお皿の数だ。細身の体のどこに吸収されているのだろう。

とりあえず、やっとまともに会話ができそうなのでいろいろと質問してみた。

まず、彼女の名前はエミリーと言い、世界各地を転々としている冒険者でダズたちのように複数人でパーティーを組むのではなく、主にひとりで活動をするソロ冒険者らしい。

「リーフ村へはある噂を耳にしてやってきたんだ」

「噂？」

もしかして、先日オープンした大浴場か？

利用者が急増しているし、可能性としては最も高いと考えたのだが、エミリーの口から出たのは意外な言葉であった。

「ここのギルドには双子の竜人族がいると聞いてね」

「竜人族？　ティナとマナのことか？」

「っ！　へぇ、あのふたりはそういう名前なんだ」

ほんの一瞬だったが、彼女は驚いたような表情を覗かせた。なにか引っかかるような名前だったのか？

……そういえば、エミリーを最初に発見したのはティナとマナだったな。俺のもとを離れて村外れの森にいたのも気になるし、なにかあるのかもしれない。

「ちなみに名付け親は誰？」

「俺だ」

「あっ、やっぱり？　そんな気がしていたんだよね。ふたりともあなたに一番懐いているみたいだし」

クスクス笑いながら話すエミリー。

人を見る目があるティナとマナが俺に助けを求めるくらいだったし、とりあえず悪いヤツではなさそうだ。

「竜人族の噂を聞いてやってきたというが、君と竜人族はどんな関係があるんだ？」

「関係があるわけじゃないよ。ほら珍しいでしょ、竜人族って。それに、とても珍しい施設があるって聞いたし、そっちにも関心があるんだ」

屈託のない笑顔でエミリーは語る。

単純な興味関心だけでここまで足を運んだのか？

まあ、フットワークの軽いソロ冒険者だからできるのだろう。

一方、話題に上げられたティナとマナは静かにエミリーを見つめるが、俺はふたりの彼女を見つめる視線が気になった。

いつもなら感じたことを報告にやってくるのだが、それもなく、時折顔を見合わせて首を傾げたりしている。なにかあるのかと尋ねるも、自分自身がなにを気になっているのか理解していない様子で具体的な返答はなかった。

エミリー自身はいいヤツそうだが、彼女の正体に関しては謎が残る。

本当にただのソロ冒険者なのか。

判断に迷っていると、そんな俺の心境を見抜いたのか、シラヌイがエミリーには聞こえないくらいの小声で話しかけてきた。

「ユージよ。あの女には気をつけるのじゃ」

「シラヌイ……やはりなにかあるのか？」

「具体的にどう気をつけるべきかは話せぬが、なんとも妙な気配のする娘じゃ」

妖狐である彼ならば、人間である俺たちには感じ取れない微妙な気配を察知できるのかもしれない。いわゆる本能が告げているってヤツか。

しばらくリーフ村へ滞在するらしい彼女から目を離さないようにしておかないと。

「ユージ殿」

いろいろと思考を巡らせていたら、急にエミリーから声をかけられた。

「ど、どうしたんだ？」

「助けてもらって本当に感謝している。本当にありがとう」

「……困った時はお互い様だよ」

我ながらチョロいと思うけど、やっぱり彼女がなにか悪だくみをしているようには見えなかった。

ただ、悪いことではないにしろ、なにかを隠している疑惑までは晴れていないので気をつけないとな。

しかし、「ありがとう」か。

この世界に来てその言葉の大切さを痛感するよ。

仮に、もといた世界で同じような状況になったとしても、あの頃だったら面倒事に巻き込まれたくないと避けてしまうかもしれない。でも、さっきはそんな余計な思考を挟む間もなく、すぐさま倒れていたエミリーを店の中へ運び、原因である空腹を満たすため、ミッチェルさんに頼んで食事を用意してもらった。

意識は変わりつつある。

それを実感させられたよ。

「世話になったね。この借りはいずれ必ず返すから」

立ち上がったエミリーはそのまま立ち去ろうとするが、俺はそれを制止する。

「ちょっと待ってくれ」

「食い逃げをするつもりはないよ。ただ、今は手持ちがなくて……代金はクエスト達成の報酬で必ず払うからもうしばらく――」

「そうじゃなくて」

金を払わず店を出ようとしたことに対して理由を語るエミリーだが、俺が気にしていたのはそんなことではなかった。

エミリーの右腕を俺が掴んだ途端、彼女の表情が歪む。その反応ですべてを悟り、袖をまくりあげると――痛々しい切り傷が。出血は止まっているようだがかなり深い傷で、思わずリウィルが「きゃっ！」と声をあげてしまうほどだった。

「ひどいな。化膿したら大変だぞ」

「恥ずかしい話だが、薬を買う余裕もなくて」

エミリーは悔しそうに呟いた。

よく考えてみれば、食事を手に入れる金もないのだから薬などもっと手の届かない高級品だろう。

「ちょっと待っていてくれ」

俺は負傷したエミリーの腕にそっと手を添える。

「な、なにを!?」

こちらの咄嗟の行動に声を荒らげるエミリーだが、徐々に変化していく自分の腕の状態に目を見開いて驚いていた。目を背けたくなるほどの傷痕が綺麗サッパリ消え去り、元通りになっていたのだから驚くのも当然だろう。

「……回復魔法の類ではなさそうだね」

「そういうスキルなんだよ」

「なるほど。回復特化スキルってわけね」

　そう説明すると、エミリーは納得したようだった。

　傷が治ると、俺は彼女にリウィルを改めて紹介する。彼女がここのギルドマスターであると知ると、ダンジョン攻略のためのヒントが欲しいと頭を下げた。

　リウィルは「あ、頭を上げてください！」と必死に訴え、それからは場所をギルドへと移して登録などの手続きについて説明をしていく。

　一方、ダズたちが明日から挑むサンド・リバー攻略に向けて準備の真っ只中だった。

「リウィルと話しているのは見かけない冒険者だな。新入りか？」

「腹を空かせて倒れていたところを保護したんだ。ソロで活動している冒険者らしい」

「ソロ冒険者か。しかし、腹を空かせて倒れていたってことは稼ぎがあまりよろしくないようだな」

　ダズは俺と同じ見解を示した。

　やがて腰を上げ、ゆっくりと受付でリウィルと談笑している彼女へ近づいていく。

「よぉ、新顔さん。登録は済ませたかい？」

「う、うん。おかげさまで」

　いきなり強面のダズに声をかけられて一歩後退したエミリーだが、話していくうちに敵意がなく、外見の割に穏やかで優しい人物だと分かると安心したように声が弾んでいった。引きっっていた表情も自然に戻っている。

「ソロで活動中とのことだが、調子はどうだ？」

「いいとは言えないかなぁ。なかなか大変だよ」

苦笑いを浮かべ、頬をポリポリと指先でかきながらエミリーは答えた。

中には見栄を張って隠そうとする冒険者もいるが、彼女は素直に現状を伝える。これは好感が持てるな。

「パーティーに入ろうとは？」

「それも考えたんだけど、私にはある目標があって……それを叶えようと思ったらパーティーに所属し、一定の場所に拠点を構えるやり方は合わないなぁ」

「若いのにいろいろと考えているじゃないか」

真摯な態度で耳を傾けているダズは、エミリーのこれまでを否定することなくむしろ肯定していた。うまくいっていないのだから訂正するような発言をするかと思いきや、真逆の対応であった。

話が終わると、彼はエミリーにある提案を持ちかける。

「明日、俺たちのパーティーと一緒にダンジョンへ行かないか？」

「えっ？　で、でも……」

「もちろんパーティーに入ってくれって話じゃない。俺たちと行動をともにすることで、君のこれからのダンジョン探索に役立ててもらえればと思っている」

　言ってみれば、一日パーティー体験ってわけか。これまで一度も誰かと組んだ経験がないらしいので、ベテラン冒険者であるダズ率いる緋色の月《スカーレット・ムーン》との探索をきっかけになにかを掴んでほしいというのが狙いだろう。

「どうする？」

「行く！　あなたたちならいろいろと学べそうだし！」

　瞳を輝かせながら、エミリーは同行を希望した。

「よっしゃ！　そうと決まったら今日は宴会だ！　エミリーの歓迎会を開くぞ！」

　あっ、やっぱりそうなるか。

　半分くらいこれが目的だったんじゃないか？

　面倒見のいいダズの性格を考慮すれば心からエミリーを心配して提案したのは分かるけど、あまりにも自然な流れだったからなぁ、今の。でも、俺たちの時も手際よく歓迎会を開いてくれたし、これが日常なのだろう。

　喜ぶエミリーを微笑ましく眺めていたら、いつの間にか厨房にいたはずのミッチェルさんがすぐ横に立っていた。

「ふっ、エミリーがどうなったのか気になって様子を覗きに来たら面白いことになっているじゃねぇか。ならばさらに腕を振るってうまい飯を作らなくちゃな！」

「ミ、ミッチェルさん!?」

「おまえも楽しみに待っていなよ、ユージ」

そう告げてから、ミッチェルさんは仕込みのため食堂へと戻っていった。エミリーがかなりの量を消費したけど、食材は残っているのだろうか。そこが心配だ。

「宴会だぁ！」

「楽しみだねぇ！」

ティナとマナは楽しい宴会が始まると分かって上機嫌。リウィルは他の冒険者たちに声をかけるとギルド内を駆け回った。

賑やかになるのは結構だけど、明日のダンジョン探索に影響が出ない程度にはとどめてほしいなぁと願うのだった。

◇◇◇

次の日。

前に飲んだ時と同じく、この世界の酒は翌日に残らないのでスッキリと目覚められた。

ちなみにエミリーもピンピンしている。

彼女もかなりの酒飲みで、ダズやグレンにも劣らない勢いで飲んでいたが、まったく問題はないようだ。

おかげでサンド・リバーへ挑戦できるのだが、エミリーにとっては格上となる難易度のダンジョンなのでさすがに緊張しているようだった。

それでも冒険者としてレベルアップを果たしたいと願う彼女は、勇気を振り絞って俺たちについてきた。

――って、偉そうに言っている俺もサンド・リバーは初めて来るダンジョンなんだよな。

ダズ曰くグリーン・バレーやブルー・レイクとはレベルが違うらしい。

エミリーを気にかけるよりもまずは自分自身がこのダンジョンに対応できるかって話だ。

奥に進むたびに増していく不安を抑え込もうとしていたら、足元になにやら違和感が。視線を下げた俺は、このダンジョンがサンド・リバーと呼ばれる由来を目の当たりにする。

「この辺りは砂で覆われているのか……」

前に訪れたふたつのダンジョン同様、奥は天井が高くて広い空間になっていた。

ただ、全体的な雰囲気はそれぞれのダンジョンで異なる。

グリーン・バレーには草木が生い茂っていたし、ブルー・レイクでは巨大な地底湖が待ち構えていた。そしてこのサンド・リバーにあったのは予想していた通り広大な砂漠だ。

「むぅ……歩きにくくて敵わんな」

シラヌイは砂漠を訪れるのが初めてらしく、顔をしかめていた。

「俺も初めて来た時は驚いたもんだ。ダンジョンの規模としてはここが一番大きく、それでいて一番謎が多い」

「謎？」

昨日の打ち合わせでは話題に上がらなかったな。しかし、一見するとなにもなさそうなこの砂漠にどんな謎があるのか。

あれ？

そういえば、このダンジョンって――

「サンド・リバーって、リウィルの父親も完全攻略を目指して探索を続けていたんだよな」

「そうだ。さっき言った謎っていうのが、完全攻略を阻む最大の要因になっている」

かつてダズも世話になったリウィルの父親。夢半ばにして倒れた際には彼もそばにいたらしい。サンド・リバー攻略って話題になると、当時の思い出がよみがえるのか表情が冴えないな。

そのダズはダンジョンの奥を指さし、謎について語ってくれた。

「ここからだとまだ見えないが、砂漠の向こうには迷路のように入り組んだ道があるんだ。そこを抜けられた者は過去にひとりとしていない」

「迷路か……」

今回はあくまでもお試し探索って名目なのでそこまでは行かないが、サンド・リバーの完全攻略を目指すのであれば迷路の突破は最低条件となるし、そこから先にはまた別のトラップがあるかもしれない。

入念な準備と人員を用意しなければ、そこを乗り越えるのは不可能なのだ。

「まさかここまで大規模なダンジョンがあるなんて驚きだなぁ」

俺たちに同行していたエミリーはサンド・リバーの規模に驚きつつ前進。

すると、突然ティナとマナが駆け出し、ふたり揃って彼女の手を取る。

「えっ？　ど、どうしたの？」

ふたりの取った行動は構ってもらいたくてちょっかいを出しているようにも映るが、表情があまりにも真剣で必死だったため、俺たちはすぐに異常事態が発生していると判断して臨戦態勢を取った。

「ユージ、どうやらお出迎えの登場らしいな」

「あぁ、分かっているよ。エミリー、急いでこっちに！」

「う、うん」

まだ事態が飲み込めていないエミリーには危機感がなかった。

しかし、ティナとマナがいち早く異変に気づいてくれたおかげでなんとか間に合ったようだ。

先ほどまでエミリーがいた場所の地面が突然せり上がり、砂の中から大型のモンスターが姿を見せたのである。

現れたのは毒々しい紫色をした超巨大サソリ。

毒針に加えて四本の大きなハサミを備えており、細長い深緑色の瞳がこちらを睨みつけている。

「あ、あんな大きなモンスターが出るの⁉」

「最近は他でもこれくらいのサイズをしたモンスターが現れたんだ。おかげで新鮮味が薄くなったかな」

こうなると、初対戦がアイアン・スパイダーでよかったな。

あれの大きさと比べたら、このサソリ型モンスターのサイズが普通に思えてくる。

「アサルト・スコーピオンだ！　ヤツは手強いぞ！」

ダズは腹の底から叫んで周りにモンスターの正体を伝える。

モンスターの名前については昨日の打ち合わせでも耳にしていた。このサンド・リバーで最も厄介な存在らしい。

最大の特徴はとにかくさまざまなバリエーションの攻撃を仕掛けてくることにある。

特筆すべきはやはり一番目立つ四本のハサミだ。

あれを自由自在に操り、敵の接近を許さない。おまけにヤツは後頭部にも目があって奇襲も効果がないという。

さらには尻尾の毒針も対応するのに苦労する。

この辺はアイアン・スパイダーの毒液を防いだ俺の防御スキルで乗り切るとして、問題は反撃の方法だ。

これに関しては打ち合わせの際に仲間たちとシミュレーションをしていた。

「アドル！　ケイン！　ロック！　シラヌイ！」

「「「「おう！」」」」

名前を呼ばれた四人はそれぞれ四方に散り、各々の武器でアサルト・スコーピオンへ同時攻撃を仕掛ける。

当然、これは撒き餌だ。

アサルト・スコーピオンは四本の大きなハサミを器用に操って反撃に出るが、こちらも慣れた動作でかわしていく。

そのうち、ケインが裏をかかれてハサミの直撃を受けそうになるが、寸前のところで弾き返す。

「助かったぜ、ユージ！」

「気をつけろ！　あの威力だと数発しかもたないぞ！」

「次はもうドジを踏まねぇよ！」

寸前のところでケインを救ったのは俺の防御スキルだった。

スキルの持つさまざまな可能性を模索していた際に発見したのだが、俺の持つ防御スキルは他人にも付与できる効果があった。

こいつがあれば相手の攻撃を無効化できるのだが、ある程度の攻撃を食らうと弾け飛んで効果を得られなくなる。

どれくらいの攻撃を受けたら消滅するのかについては、すでにダズたちと検証済み。そこから割り出した感覚から、恐らくあと五、六発もらったら防御の効果はなくなるだろう。

だが、それくらいの回数があれば問題ない。

パーティーの中でも屈指のスピード自慢である四人がアサルト・スコーピオンの注意を引きつけている間に、ダズ率いるパワー自慢チームが致命的な一撃を与えるため接近していく。

狙い通り、ダズたちが目の前に迫りながらもアサルト・スコーピオンの注意は周りの四人に向けられている。自慢のたくさんある目も彼らに翻弄されて役に立っていない状況だ。

ダズはこれを狙っていた。

仲間を引き連れて素早く懐まで潜り込むと、自慢の巨大斧で足元を攻撃する。

次の瞬間、ヤツの足が一本宙を舞った。

これにより、バランスを崩して倒れ込むアサルト・スコーピオン。

「今だ!」

絶好の好機と判断したダズは、メンバーに総攻撃を指示。

彼とともにモンスターの懐に忍び込んでいた他のメンバーが先手を取り、まずは大きなハサミをふたつ剣で斬り捨てる。

相変わらず見事な連携だ。

単体では敵わないアサルト・スコーピオンのような大物も、仲間同士の息の合った攻撃でハンデを乗り越える。パーティーとして理想的な戦い方と言えた。

「これが……冒険者の戦い方……」

遠くからダズたちの戦法を見学していたエミリーは感銘を受けたようで、熱心に戦況を見守っている。

だが、あまりにも熱が入りすぎてしまったのか、肝心のモンスターの動向についてはチェックが疎かになっていた。

アサルト・スコーピオンはその隙を逃さず、一矢報いようとしたのか残った一本のハサミを伸ばしてエミリーへと襲いかかった。

「危ない！」

彼女から最も近い位置にいた俺は咄嗟に飛び出していた。

一応、護身用として剣は持っているし、最近はダズにも稽古をつけてもらっているが、付け焼刃《やきば》の技術で戦うにはあまりにもアサルト・スコーピオンは強かった。

手にした剣は一瞬で弾き飛ばされ、あまりの威力に俺は体勢を崩してしまい、膝をつく。

防御魔法をしているとはいえ、これほどの衝撃とは。

なんとか立ち上がろうとするも、当たりどころが悪かったのか足元がふらつく。エミリーは腰砕けとなって動けそうになかった。

「ユージ！　エミリー！　早く逃げろ！」

慌てるダズの叫び声が聞こえる。

シラヌイや他のみんなも血相を変えて俺のもとへ駆けつけようとしてくれていた。

防御スキルの効果はまだ生きているとはいえ、ここまで一撃の威力が凄まじいのではなにかしら悪い影響が出るかもしれない。

窮地に立たされているはずなのに、そんな暢気な思考が頭をよぎる。

すべてがスローモーションで見え始めた直後、ティナとマナが俺とエミリーを守るように飛び出し、アサルト・スコーピオンの前に立ちふさがった。

「ユージを守る！」

「行かせないよ！」

ふたりはそれぞれの得意技である火炎と雷撃をアサルト・スコーピオンへと放つ。

どちらの威力もこれまでに比べて段違いに高いものであった。

今まで手加減をしていたのか、この土壇場で本来の力を発揮したのかは不明だが、五メートル以上はありそうなアサルト・スコーピオンが軽々と吹っ飛ばされ、高い天井に叩きつけられると真っ逆さまに地上へと落下し、動かなくなった。

「な、なんて威力だ」

「やっぱり……間違いない……」

あまりの破壊力に茫然としていた俺だが、すぐ後ろにいるエミリーの言葉は聞き逃さなかった。

「なにが間違いないんだ、エミリー」

「えっ？　あっ……わ、私、そんなこと言っていたかな？」

「君はあのふたりについてなにかを知っているんだな？」

思えば、彼女がティナとマナに会ってからの態度はずっと引っかかっていた。竜人族がいるからリーフ村を訪れたって理由も疑いを持つ要因のひとつとなっている。

だが、人間性に怪しいところは見られない。

だとすれば、彼女が竜人族となにかしらの関係を持ち、それを理由にティナとマナへ接近しようとしていたと捉える方が自然だろう。

「まさか、希少種である竜人族を捕まえようと……」

「そ、それは断じてあり得ない！」

すぐに否定するエミリーだが、真実を語らない限り俺の疑念が晴れないと悟ったのか、ひとつ大きなため息をついてから話し始め——ようとした瞬間、彼女のすぐ近くの地面が大きく盛り上がった。

「ちいっ！　もう一匹いやがったのか！」

ダズが急いで他の仲間たちへ戦いが終わっていないことを伝える。さっき倒したのはいわば先兵で、こっちが本命だったのか？

或いは戦い終わりで俺たちが弱っていると判断し、まったく別の個体が襲いかかってきたのか。いずれにせよ、大ピンチなのには変わりない。

もう一度攻撃をしようにも、ティナもマナも完全に気が緩んでいてすぐさま攻撃態勢には移れそうになかった。

防御スキルでみんなを守りつつ、もう一度戦う態勢を取らなければと思った矢先、今度はティナやマナとは違う影が俺の前に現れる。

「今度は私が守る番ね！」

その正体はエミリーだった。

「待て！　危険だ！」

スキルの恩恵があって致命傷とはならないが、それでも規格外のパワーを持つヤツの攻撃を食らえばかなりのダメージを負う。ここは無理をせず、防御スキルの効果が切れるまでの時間をかけて立て直すべきだ。

頭ではそう判断できていても、この緊急事態の中で的確に彼女へ伝えることはできず、二匹目のアサルト・スコーピオンへ向かって駆け出していくのを制止できなかった。

敵も単身で突っ込んでくるエミリーへ攻撃を加えようと大きなハサミを持ち上げ、力任せに振り下ろす。単調な攻撃なのでかわすのは簡単だろうと安堵したが、なぜかエミリーは足を止めてしまう。

このままでは直撃だ。

「よけろ！」と叫ぶより先に、アサルト・スコーピオンのハサミがエミリーを押し潰す。

「エミリー⁉」

悲痛な叫び声が、ダンジョン内にこだまする。

なんだって急にあんな無謀な行動へ出たんだ。

落ち着いて対処すれば、助かる道はあったはずなのに。

たまらず膝から崩れ落ちた俺だが、そこへティナとマナがやってくる。どうやら慰めに来たわけじゃなくてなにかを教えたいらしい。

「大丈夫だよ、ユージ」

「あの人はまだ生きているよ」

「えっ？」

エミリーが生きている？

それはさすがにあり得ないだろう。

現に彼女はアサルト・スコーピオンのハサミで——

「む？　あれは……」

違和感を覚えたのはモンスターの動作。エミリーを倒したはずなのに、ヤツはまったく動こうとしない。それどころか、ハサミを振り下ろした状態で硬直しているのだ。

なぜ動かないいんだ？

次の標的を定め始めてもいい頃合いなのに、どうして。

そんな疑問が脳裏をかすめるが、すぐにある可能性が浮かび上がった。

もしかしたら、動かしたくても動かせないいんじゃないのか？

俺の予想を裏付けるかのように、アサルト・スコーピオンはまったく動かない。しばらくしてようやくハサミが持ち上がり始めたが、どうにも動きがぎこちない。あれは自分の意志で上げているのではなく、下からの強烈な力によって無理やり上がっていっているようだ。

だが、人間にそんな芸当はできない。

たとえ力自慢のダズであっても不可能だろう。

——しかし、それをやってのけているのはなんとあのエミリーだった。

「エ、エミリー？」

放心状態で呟くと、アサルト・スコーピオンの重量感あるハサミを軽々と持ち上げる彼女と目が合った。

「守るって言ったでしょ？」

ニコッと微笑んだ直後、すぐに表情を引き締めるエミリー。

あれはとても生活に困っている冒険者の顔つきじゃない。

ダズやグレンにも劣らない、百戦錬磨の戦士の表情だ。

「さて、ちょっと急がなくちゃいけないから……あなたには悪いけど、倒されてね」

アサルト・スコーピオンのハサミを掴んでいたエミリーの体に力がこもる。さっきまで全力じゃなかったのかと驚愕したが、さらに衝撃的な光景が飛び込んできた。

少しずつだが、敵の巨体が浮かんでいく。

つまり、エミリーがアサルト・スコーピオン自体を持ち上げ始めたのだ。

「な、なんてパワーだ……」

「人間じゃないのか……？」

緋色の月《スカーレット・ムーン》の面々は驚きのあまり茫然自失。

「なんともまあ、規格外の力持ちじゃな……」

妖狐シラヌイですら、彼女の秘めたる力に声を上ずらせている。

周囲のざわつきを意に介さないエミリーは、アサルト・スコーピオンを岩壁に向かって放り投げた。

背中から硬い壁に激突したアサルト・スコーピオンはピクピクと痙攣を繰り返していたが、しばらくすると完全に動きが停止。

「少しだけとはいえ、人前で竜人族としての力を解放するのは久しぶりだからちょっと緊張しちゃったな」

あはは、と照れくさそうに苦笑いを浮かべているエミリーだが、俺たちからすれば「あれで少しなのか⁉」というのが素直な感想だ。

「エ、エミリー……君はいったい……」

「ここではなんだから、戻ってからギルドで話すよ。どのみち、今回の件がなかったとしても説明しなくちゃいけないとは思っていたし」

もとからこのダンジョン探索が終わったら、ティナとマナについて彼女からなにかしらの話をするつもりだったらしい。

だが、そうなると彼女の正体はいったい何者なんだ？

サンド・リバーと同じくらい深い謎を残したまま、俺たちはリーフ村へと帰還することになった。

◇◇◇

アサルト・スコーピオンを撃破し、素材として使えそうな部分を運び出すと、早速エミリーから話を聞くためギルドに集結。

今やここの看板娘となっているティナとマナに関わる話題とあって、グレンやギャディ、さらには食堂シェフのミッチェルまでもが集まっていた。

彼らの視線を集めているエミリーは、開口一番とんでもない告白をする。

「まずみんなに謝っておかなければいけないことがある。――これを見てほしい」

そう告げた直後、エミリーの全身は白い光に包まれた。やがて光は消えたのだが、彼女の姿には劇的な変化が訪れていた。

「っ⁉　き、君は……竜人族だったのか⁉」

特徴的な角に尻尾。

そして瞳もドラゴンのように瞳孔が細長くなっている。

どうやら、竜人族は成長すると角や尻尾を消せる能力が自然と身につくらしい。

……待てよ。

ふたりがエミリーのもとへ俺を連れていった時、マナは『私たちと同じ』と言った。

今考えると、俺が初めてふたりと会った時に怪我をしていたのはマナだけなのだから、『私たち』って言い方はおかしい。

あれは怪我のことではなく「私たちと同じ竜人族」と伝えたかったのか。

まあ、サンド・リバーでの戦闘から薄々そうじゃないかって勘繰っていたけど、その通りだとはな。

「驚かせてごめんなさい。でも、最初から竜人族を名乗るといろいろと不都合な事態が発生するから、ね」

明るい彼女らしくない、とても暗い声だった。

竜人族は希少種だ。

ティナとマナのように、幼いながらもかなりの戦闘力を秘めている。場所によっては忌むべき存在として迫害を受けていた記録も残っているらしいから、エミリーもつらい目に遭った過去があるのだろう。

「でも、ここの人たちがティナやマナを温かく迎え入れてくれるのを見て、同じ種族である私もとても嬉しい気分になった。それは嘘じゃないよ」

――だが、ここでの思い出は彼女にとってよいものとなったようだ。

「竜人族がいると聞いて、ティナとマナがつらい状況に陥っていないか確認しに来たんだね？」

「それはもう、同種だからね。……でも、彼女たちはちょっと違うのよ」

「違う？　どういう意味だ？」

同じ竜人族なのかと思いきや、厳密に区分すると微妙に異なるようだ。

「それについては直接本人たちから聞いてもらった方が早いかも」

「本人？」

つまりティナとマナに話してもらうってことか？

でも、あのふたりにそれは酷だろう。なにせ、言葉もまともに話せないうちからふたりきりで生きてきたのだ。そもそも自分たちが何者であるのかも認識していないかもしれない。

「言っておくけど、私が言った本人っていうのはティナとマナじゃないよ。あの子たちにとってとても大切な人ではあるんだけど」

「大切な人だって？」

年齢的にも恋人ってわけじゃないだろうし、それ以外に大切な人ってなると——まさか⁉

「あっ、どうやらそろそろ到着したみたいだよ。外に出てみようか」

困惑する俺を尻目に、エミリーはティナとマナを連れて外へ。

俺たちはわけも分からず、とりあえずエミリーの言うことに従ってギルドから出た。

辺りはすでに真っ暗になっており、月明かりだけが地面を照らしている。

エミリーたちはギルドから十メートルほど先で足を止めると、静かに星空を眺めた。

「空になにかあるのか？」

声をかけつつ、つられて俺も顔を上げる。だが、特に変化は確認できない。

同じようにギルドから出てきた冒険者たちも夜空を見上げるがなにも発見できず、時間だけが経過していった。

数分後。

俺は無数に広がる星の中にわずかだが動いているものを発見する。

「なんだ？　流れ星か？」

夜空に浮かぶ星は少しずつだが大きくなっているようだが、実際はサイズが変わっているのではなくこちらへ急速に接近してきていたのだった。

「ありゃなんだ⁉」

「星が落ちてきたのか⁉」

リーフ村は騒然となるが、エミリーはまったく動じずに近づいてくる謎の白い発光体を見つめ続けていた。

やはり、あの発光体の正体こそ、エミリーの語った『ティナとマナにとって大切な人』なのだろう。

その証拠に、当人たちも彼女と同じように迫りくる発光体に対して恐怖心を抱かず、むしろ到着を待っているかのように一歩も動こうとしない。

きっと、近づいてきている者の正体については分からないのだろうが、「自分たちと近しい存在」みたいな、ぼんやりとした感覚はあるみたいだ。

しばらくすると、轟音と激しい横揺れがリーフ村を襲った。

突風と土煙を巻き起こし、この影響で視界が閉ざされてしまう。

ティナとマナ、そしてエミリーはどうなってしまったのか。

不安になった俺は気がつくと駆け出していた。後ろでダズが「戻れ！　危険だ！」と叫んでいたが、俺の足は止まらない。

「ティナ！　マナ！」

必死になってふたりの名を呼び、前進していく。

時間の経過に伴って徐々に土煙は晴れていき、視界が広まってきた。おかげでようやくふたりを発見する——が、前方には驚くべき存在が。

「りゅ、竜⁉」

エミリーに連れられたティナとマナの前にいたのは巨大な竜だった。

白竜とでも呼べばいいのか。

大きな体はまるで新雪のように真っ白な鱗に覆われており、あまりの美しさに俺は目を奪われた。

「お待ちしておりました」

突如現れた真っ白な竜に見惚れていると、エミリーは膝をつき、頭を下げ、敬語で白い竜にそう告げる。

「よくやってくれましたね、エミリー」

これに対し、白い竜もまた丁寧な口調で返す。声色からしてあの竜は雌のよう——って、ちょっと待て。

「りゅ、竜がしゃべったぁ⁉」

ナチュラルすぎて違和感を抱くのに時間を要したが、なぜか白い竜は当たり前のように人間の言葉を話している。

「そんなに驚かれることですか？」

俺に気づいた白い竜からそんな質問を投げかけられた。

「い、いや、それはそうでしょ。竜がしゃべるなんて……」

「あら、あの子たちとは毎日会話をしているのでしょう？」

「へっ？」

間の抜けた声が口を突く。

白い竜の言うあの子たちとはティナとマナのことか？

それなら答えは簡単だ。

「あの子たちは竜人族だから人間の言葉を話せても――って、それじゃもしかして⁉」

「私も竜人族なんですよ」

俺の予想は的中していた。

白い竜は再び光に包まれると、徐々に体が縮んでいった。

「これなら信じていただけますか？」

目の前に現れたのはごく普通の成人女性。

彼女が本当にさっきまで話をしていたあの白い竜なのか？

確かに髪の色は真っ白で名残はあるけど。

「あなたがさっきの白い竜……？」

「そうです。ご理解いただけましたか？」

「え、えぇ」

決定的瞬間を見せつけられたわけだし、これはもう信じるしかない。

ちょうどこの頃になると土煙は完全に消え去り、他の冒険者たちにも人間形態となった白い竜の姿が確認できるようになった。

「お、おい！　あそこを見てみろ！」

「白髪の女？」

「冒険者でも村の者でもなさそうだな」

「いったい何者だ!?」

ようやく土煙が晴れて状況把握できるかと思いきや、新たな謎が増えて冒険者たちの間に動揺が広がっていた。

一方、巨大な竜の姿から一瞬にして人間の女性へと変わったのを見て、俺は彼女の正体に気づく。

「あなたは……ティナとマナの母親ですか？」

「はい。娘たちがお世話になっております」

やはりそうだったか。

こちらへとやってくる周りの冒険者たちも、白い髪の女性がティナとマナの母親であると口にしたのは聞こえたらしく、さっきとは比べ物にならないくらいに騒ぎ始めた。

このままでは話ができないと、リウィルが静かにするよう呼びかけたことでようやく会話ができる状態になるが、みんな信じられないといった表情で女性を見つめている。

「改めまして、私はミレークと申します。あなたたちがティナ、マナと名づけてくださったこの子たちの母です」

礼儀正しくお辞儀をしながら話す、ミレークと名乗った竜人族。

だが、肝心のティナとマナは相手が母親だという実感が湧かないようで、俺の方へと走ってくると足にしがみついたまま離れなくなった。

「お、おふたりとも、こちらの方は――」

「よいのです、エミリー」

「ですが！」

俺たちに対してはフランクに対応していたエミリーが敬語で接するほどの相手……もしかして、ミレークさんは竜人族の中でも位が高いのか？

「ようやく再会できたのに、覚えていないなんて」

「無理もありません。天界から一時的に逃すためとはいえ、まだ生まれて間もなかったですから」

「天界から逃す？」

なんだか聞き捨てならないワードが入り込んだぞ、今。

俺たちが「天界」って単語に引っかかりを覚えていると察したエミリーは、詳しい事情を教えてくれた。

「ミレーク様は天界に暮らし、自然界にある一部の力を操れる古代竜人族《エンシェント・ドラゴン》であり、竜人族の中でも神に等しいとされる特別な存在なんだ」

「エ、古代竜人族《エンシェント・ドラゴン》……？」

同じ竜人族でも、彼女は上位種らしい。

エミリーのような一般的な竜人族はフィジカルが優れているくらいで、ティナとマナが火炎と雷撃を操れるのも彼女たちが特別な力を宿した古代竜人族《エンシェント・ドラゴン》だからなのか。

ミレークさんの正体については理解できた。

残すは『天界から逃す』という部分だな。

頭に浮かんだ疑問を投げかけようとしたが、俺よりも先にリウィルが一歩前に出てミレークさんに質問をした。みんな考えることは同じようだな。

「天界は、空の彼方にあるとされる場所ですよね？」

「えぇ。よくご存じですね」

「昔読んだ本に書いてあったんです。その天界でなにかあったから、ティナとマナのふたりを地上へと避難させた、と？」

「はい。そうなんです」

　ミレークさんはティナとマナのふたりを地上へと送らなければならなくなった理由について説明をしてくれた。

　なんでも、天界で暮らす古代竜人族《エンシェント・ドラゴン》たちの間で争いが起き、彼女は命を狙われる立場となってしまったらしい。

　戦況は悪化していき、全滅寸前まで追い込まれたミレークさんは、まだ生まれたばかりの双子の赤ん坊を数人の同志たちとともに地上へと逃がした。

　しかし、追ってきた敵側に見つかってしまい、同志たちは奮闘するも、自分の命と引き換えにティナとマナを守って全滅。その後、なんとか窮地を脱し、争いがミレークさん側の勝利で終結して天界に平和が戻ると、彼女は生き残った仲間たちとともに地上へと降りて娘たちの捜索を始めた――それが、ここに至るまでの経緯だと語ってくれた。

　恐らく、全滅したミレークさんの同志たちは自分たちが囮となってふたりを逃がしたのだろう。リウィル曰く、竜人族は生命力が強いらしいのであの子たちだけでも生きていけるかもしれないって可能性に賭けたのではないか。

　俺が同志たちの立場だったら、そうしているだろうな。

「そんなことが……」

ティナとマナの壮絶な過去を耳にして、俺は困惑する。

ちなみに、エミリーはミレークさんが地上へと降りてきてから知り合ったらしい。娘が行方不明となっている話を聞いてすぐに協力を申し出て、世界中のギルドを中心に情報収集をしていたのだ。

「竜人族は希少種だから、悪いヤツに捕まっている可能性もあると思って、そういったやりとりの情報が集まるギルドを中心に捜索をしていたんだ。そして火炎と雷撃を放つ双子の竜人族がいるという情報をキャッチした――でも、可愛がられていてホッとしたよ」

エミリーはリーフ村へとやってきた真の理由について語ってくれた。

実はサンド・リバーへ挑戦する前日にはすでに使いを通じてミレークさんへ連絡を取っており、彼女が到着するまでの間、ティナとマナがどのように扱われているのかをチェックし、相応しくないと判断すれば奪還するつもりでいたと付け加えた。

「でも、本当にいい人たちばかりで安心した。竜人族の力を目の当たりにしても恐れず、それでいて悪用もしなかった。あの子たちの自然な笑顔を見ていれば、その場限りでなく日頃から大事にされているんだって伝わったし」

「当然だよ。あの子たちは俺にとっても恩人なんだ。なにがあったって守り抜こうって決めていたよ」

ティナとマナに出会わなければ、俺は早々にあの広大な森でくたばっていただろう。このふたりは俺にこの世界で生きる希望を与えてくれたんだ。スキルを発見するきっかけにもなったしな。

できればこれからもこの子たちと一緒にいたいと願っているが、それはあくまでも両親がいなかった場合のこと。

生きていると分かった今、やっぱり本来の家族のもとへ戻るのが一番なんじゃないかって考え始めていた。

俺は子どもの頃に両親を亡くしているので、親子の情愛ってヤツに疎い。

ミレークさんが必死になってティナとマナを捜し、ようやく会えて心から喜んでいるのは伝わった。

母親と一緒に天界へ戻っても、きっと幸せに暮らせるはず。

「ティナ……マナ……あの人が君たちのお母さんだ」

「「っ！」」

本人が認めた時よりも、俺が伝えた時の方がハッキリと驚いている。まだどこか信じられなかったが、ここまで一緒に過ごしてきた俺に言われてようやく受け止められたようだ。

それから改めて、俺はミレークさんへと尋ねる。

「ふたりを天界へ連れていくんですよね？」

彼女たちは竜人族の中でも神に匹敵する強大な存在。本来であれば、地上世界にある山間の小さな農村で冒険者などするはずがない地位なのだ。

きっと、事実を知った人間に狙われることだってあるはず。

ミレークさんはそう判断してふたりを連れていくと俺は読んでいた。

周りの冒険者たちもきっとそうなるだろうと複雑な表情を浮かべている。みんなにとっても、ティナとマナとの別れはつらいのだ。

「その件についてなのですが、実はお願いがあるんです」

「お願い？」

てっきりふたりを連れて帰るのかと思っていたら、どうも違うみたいだ。

「今回の戦いをきっかけに、私たち天界の竜人族は地上世界との交流を考えています」

予想外の提案にこれまでで一番のざわめきが起きた。

「ど、どういうことですか？」

「さまざまな種族と交流し、もっと見識を広めようと思うんです。天界だけでの暮らしではどうしても偏りができてしまって……今回の争いの発端も、そうした偏った思考が招いたものだと私たちは分析しているんです」

なるほど。

二度と天界で戦争を起こさないよう、地上で暮らしている者たちの生活を参考にしようってわけか。

とはいえ、地上にいる種族もあちらこちらで争いを繰り返しているけどな。

当然ミレークさんたち古代竜人族《エンシェント・ドラゴン》がそれを知らないはずがない。

戦いの歴史を天界から眺めてきた彼女たちはいつも地上の者たちがなぜ争うのか疑問を抱いていた――が、ついに天界でも大規模な争いが起きてしまう。

一方、地上では各国が条約を結んだり同盟を結んだり、可能な限り争いが起きないように努めた結果、近年では完全になくならないものの数は減りつつある。辺境領地での小競り合いを含めればそれほど変わらないのかもしれないが、国民全体が巻き込まれるような大規模な戦争は聞かなくなったらしい。

ミレークさんたちはそこに注目していた。天界に住む者たちは長らく争いを経験していなかったため、戦いの止め方が分からなかったのだ。

結局、天界が消滅しかけるまで泥沼化し、ようやく近年になって沈静化。

生き残った者たちはひどく後悔し、二度と同じ過ちを繰り返さないようさまざまな手を打っているようだった。

中でも力を入れたいと思っているのが、地上との交流らしい。

交流といっても、ミレークさんの口ぶりからして情報交換程度のものだろう。或いはもう少し発展して同盟を結ぶくらいか。

俺たち地上の者たちが天界へ足を踏み入れるのは難しいだろうが、逆に天界の者は地上と自由に生き来ができる。それを利用し、近々数名を派遣予定だと教えてくれた。

そこで、ミレークさんはティナとマナのふたりにこのまま地上へと残ってもらい、時々自分へ地上での出来事を教えてほしいと提案してきたのだ。

「し、しかし、それでいいのですか？」

「問題ありません。ふたりともここがとても気に入っているようですし、ユージさんをはじめ多くの人たちに可愛がってもらっているようですから」

恐らく、エミリーが送った使いから仕入れた情報だろう。

「あの子たちには近い将来、天界と地上に暮らす人たちの距離が縮まった際、その方法を伝えてもらいたいと考えています」

「古代竜人族《エンシェント・ドラゴン》たちへの道標ってことですね」

「まさにおっしゃる通りです」

これは大役を任されたな。

ふたりは状況を完全に理解はしていないようだったが、ミレークさんが自分たちをここへ残すために配慮してくれたのは伝わったようだ。

そして――

「ママ！」

「ありがとう、ママ！」

「っ⁉」

とても自然な「ママ」という言葉に、ミレークさんは目を大きく見開いて驚き、その場に膝から崩れ落ちた。慌てて俺とエミリーが駆け寄るが、彼女はすぐに立ち上がった。

そして、不安そうにしているティナとマナへ向き直ると、両手を広げる。それがなにを意味しているのかをすぐに察したふたりは、ミレークさんのもとへ走っていき、三人は抱き締め合った。

ティナとマナは彼女の顔を覚えていないようだったが、温もりを感じることでわずかに残っていた記憶が呼び覚まされたのだろう。二度と会えないと思っていた母親と再会できた喜びから、ふたりは静かに涙を流していた。

「ダメだなぁ……俺はこういうのに弱いんだ」

「俺もっす……」

ダズとギャディは古代竜人族《エンシェント・ドラゴン》親子の再会シーンを目の当たりにしてもらい泣き。リウィルも号泣しているし、冒険者の中にも涙を流している者がいた。

「この子たちが最初に出会った人間があなたで本当によかったわ」

「そんな。感謝したいのは俺の方ですよ」

ミレークさんと握手を交わした後、改めてティナとマナに今後の動きを説明。

ふたりはリーフ村に残ると言い切った。

もちろん、母親であるミレークさんと今生の別れになるわけでなく、あるアイテムを通じて天界と連絡が取れるようになるため、必要ならそれで声をかけてほしいと教えてくれた。そのアイテムとは、なにやら古代文字のような模様が刻まれた腕輪であった。

「それには古代竜人族《エンシェント・ドラゴン》の加護が付与されています。天界との連絡手段だけでなく、あなたの持つスキルの効果をさらに押し上げる効果もありますよ」

「す、凄いですね」

【癒しの極意】自体がとんでもない性能なのに、それをさらに向上させるアイテムがあるなんて。

実際に腕輪をはめてみるが、すんなりフィットして違和感がない。まるで肌の一部になったかのように馴染む。

素晴らしい贈り物までいただき、俺は彼女に感謝した。

そして、これからもティナやマナを大事にしていくと約束する。

俺の決意を聞き届けたミレークさんは「よろしくお願いします」と一礼。それから再びドラゴンの姿となって天界へと帰ろうとしたのだが、ここでずっと静観していたダズから彼女にある提案がもたらされる。

「ミレークさん、よろしければ俺たちの宴会へ参加していきませんか？」

「宴会……ですか？」

「そう！　地上世界をよく知るにはやはり宴会が一番かと！」

断言しきれないいんじゃないかってツッコミを入れようとしたが、ティナとマナがミレークさんの手を引いて「一緒に楽しもう」と声をかけている様子を見ると訂正しづらくなる。

「よ、よろしいんですか？」

「もちろん！　なぁ、野郎ども！」

「「「「うおおおおおおおおっ！」」」」

相手が天界に暮らす古代竜人族《エンシェント・ドラゴン》であっても、一緒に宴会を楽しもうとする冒険者たちの心意気は変わらない。それに、地上に暮らす種族の生活に関心があったミレークさんは宴会への参加を快諾。

こうして、俺たちは人類史上初めてとなる古代竜人族《エンシェント・ドラゴン》との大宴会に挑むのだった。

◇◇◇

宴会から一夜が明けた。

ミレークさんは数千年も生きてきて初めて参加するらしい宴会を満喫。最初はどうなるやらとヒヤヒヤしたが、意外と彼女自身、賑やかな雰囲気は嫌いではないらしく、終始ご機嫌だった。

天界ではこういったイベントはないらしく、今後は他者との交流の場として取り入れていきたいと意欲的に語っていたな。まあ、あっちにはお酒がないだろうから、冒険者たちのように浮かれっぱなしの状態にはならなそうだが。

ともかく、地上での宴会はただ楽しいだけではなく、収穫もたくさんあったとのことだったので誘ったこちら側としてもよかったと思える結果となった。

そんなミレークさんだが、今後は天界の復興に尽力するらしい。

地上との交流もその一環として取り入れるつもりで、ティナとマナ、さらにエミリーのように協力をしてくれる竜人族たちの力を借りて、一日も早く昔のように穏やかな雰囲気が漂う天界に戻したいと語っていた。

さらに、今後は地上でつらい目に遭っている竜人族を天界で保護し、そこで平穏に過ごせるようにする活動もしていくという。

「ティナ、マナ、元気でね」

「ママも！」

「また会おうね！」

「えぇ、また会いましょう」

最後にもう一度抱擁を交わす親子。

ちなみに、ティナとマナっていう名前は俺がつけてしまったのだが、ミレークさんは『ふたりの間で定着しているようだし、私自身とてもいい名前だと思うのであなたが構わなければこのままにしておきたいのですが』と言ってくれた。

もともと、名前を決めるより先に逃がすことを優先させていたらしく、候補はあったが決めかねていたようだ。

なんだか申し訳ない気持ちもあるが、ミレークさん本人の口から『とてもいい名前だと思う』と聞けて少し肩の荷が下りた。

「それではみなさん、またお会いしましょう」

ミレークさんは再び白い竜へと姿を変えて快晴の朝空へと舞い上がり、天界へと戻っていった。

「さて、それじゃあ私もそろそろ行こうかな」

続いて旅立ちの準備を終えたのはエミリーだった。

駆け出し冒険者を装ってティナとマナを探す手伝いをしていた彼女だが、ダンジョン探索は本当に楽しかったらしい。それを耳にしたダズが正式にパーティー加入を打診するが、今回の件を通して新しい目標ができたらしく、それを実現するために世界中を飛び回る決意を下したそうだ。

「きっと、この世界にはまだまだつらい思いをしている竜人族がいると思う。そんな子たちを天界へと連れていき、穏やかな生活を送れるようにしてあげたい」

彼女自身、竜人族であるがゆえにさまざまな苦労をしてきたが、天界で暮らすようになって穏やかな生活を送れるようになっているらしい。

自分を助けてくれたミレークさんの「竜人族を救いたい」という考えに感銘を受け、ぜひお手伝いをしたいと名乗り出たのだ。

「またいつでも来てくださいね。歓迎します」

「ありがとう、リウィル」

今回の件を通してすっかり仲良しとなったリウィルとエミリー。

お互い別れるのは寂しいようだが、さっきのミレークさんと同じくこれは一生の別れじゃない。

きっとまた会えるはずだ。

竜人族たちの明るい未来を願いながら、俺たちは新たな旅路へと踏み出したエミリーを見送るのだった。

第六章　大貴族ベルギウスと虹色の魔鉱石

ミレークさんやエミリーとの出会いから一週間が経った。

ギルドには相変わらず人が押し寄せ、最近ではさらなる増築計画が持ち上がっており、それに伴ってリーフ村全体が活気に包まれている。

順風満帆。

ここまでの異世界生活を振り返ると、そんな言葉がしっくりと当てはまる。

「今日もいい天気だなぁ」

日課になっている朝の体操を終えると、青空を見上げながら呟いた。

時刻は早朝。

ティナとマナは寝足りないようでシラヌイを枕代わりに外で爆睡中。シラヌイ自身も寝ているので起こさないようにしておくか。

なにせ本日は休業日。探索へは出ず、思い思いに過ごせる日だ。

ダズたちは買い出しのため、フォーブの町へ行く準備に勤しんでいた。一方俺はミレークさんからもらった腕輪の効果をいろいろと試してみようと計画中。

あれからダンジョンなどで試してみたが、確かに回復量の増加だったり防御スキルにおけるシールドの強化だったりとさまざまな面でレベルアップを果たしている。

だが、同時に「まだこんなものじゃない」って感覚もあった。

俺はまだこのアイテムの真価を発揮しきれていない。そんな疑念が拭えなかったので、今日の機会を利用して徹底検証するつもりだ。うまくいけば俺たち緋色の月《スカーレット・ムーン》はさらなる高みへ一歩近づけるだろう。

「さて、なにから試してみようか――うん？」

朝のルーティーンも終わったので仕事に取りかかろうとした矢先、遠くに見えたのはこちらへと向かってくる馬車の一団であった。

合計で五台。

御者の出で立ちから、冒険者ではなさそうだ。

「なんだ……？」

馬車で村へやってくる者がいないわけじゃないのでそう珍しいことではないのだが、あの数と穏やかじゃない雰囲気はこれまでに経験がない。

俺はティナたちを起こし、一緒にギルド内へ移動。

それからダズやリウィルに報告し、全員で外へと出て馬車の到着を待った。特にリウィルはギルドマスターでありながらリーフ村の村長という一面も持つ。怪しい集団が乗り込んでこようとしているなら放ってはおけないだろう。

事態を察知した冒険者たちも駆けつけ、現場は異様な空気に包まれていた。そんな中、ギルド前までやってきた馬車の一団を見て、リウィルはある事実に気づく。

「あれは……フォンダース家の紋章」

馬車に刻まれた謎のマーク。それはある一族を示す紋章らしい。

「フォンダース家って？」

「この地方を治める領主の一族で、王家とも強いつながりがあります」

つまり貴族って連中か。この世界にはそういった高貴なヤツらがいると以前から耳にしてはいたが、こうして直接目にするのは初めてだな。

やがて馬車の一台からひとりの男が出てくる。

年齢は俺とさほど変わりなさそうで、身なりからしても高貴な者か、或いはそういう人に仕えている人物のようだ。

「私はフォンダース家当主のベルギウス・フォンダース様の命を受けてやってきたパークスという者だ」

現れたのは領主の使いでパークスと名乗る若い大柄の男。キチッとした服装をしているため分かりにくいが、体格的にはダズにも劣らないほどで、全身から放たれる威圧的なオーラから思わず後ずさりしてしまう冒険者もいる。

毎日のようにモンスターと戦っている彼らを圧倒するほどの気配……ただの使いってわけで

もなさそうだ。

「この村の代表者は？」

「私です」

多くの冒険者が怯む中、リウィルは毅然とした態度で男の前に立つ。あの若さで村の長を任されるだけあってなかなかの度胸だな。

一方、相手は事前に調べてあったのか、リウィルのような若い女性が村長だと名乗ってもまったく動じる素振りを見せず話を続けていく。

「この村を訪れる者の数が飛躍的に上昇したという情報を入手している。そしてそれはひとりのスキル使いによってもたらされた恩恵であることもな」

それってつまり……あいつらの狙いは俺なのか？

「回復特化のスキル使いがいるはずだ。出してもらおう」

「彼をどうするつもりですか？」

「君が知る必要はない」

「いいえ。彼はこの村の一員です。十分な説明もなく身柄を引き渡すわけにはいきません。それとも、フォンダース家は理由もなく村人を連れ去る誘拐犯まがいの行為を平然と行うと？」

「フォンダース家の命令に逆らうのか？」

一歩も引かないリウィルだが、このままでは彼女の立場が危うくなる。

俺の身を案じての態度なのだろうが、これ以上迷惑をかけるわけにいかなかった。

「あんたが探しているのは俺だよ」

「ユ、ユージさん⁉」

「ありがとう、リウィル。けど、このままだと村全体に被害が及びかねない。俺なら平気だから」

リウィルだけでなく、ダズやグレン、それにギャディたち若手冒険者も引き留めようとしてくれたが、こちらの気持ちに変わりはない。

「安心しろ。用件が済めばすぐにでも解放する」

「そういうわけだから、ちょっと行ってくるよ」

「ちょっと待ってくれんかのぅ」

ざわつく冒険者たちの間を縫うように前へ出たのは妖狐シラヌイだった。

「ワシはユージと同じパーティーに所属している者じゃ。同行者として連れていってはくれぬか？」

「なにっ？」

シラヌイはパークスへ自分も同行して構わないかと提案する。俺としてもシラヌイが一緒に来てくれたら心強い。パーティーの仲間がついてくるとなったら難色を示すだろうが、シラヌイの戦闘力を伏せて移動用に契約している使い魔ってことでなんとか許可を得る。

「おかしなマネをすればすぐに処分するぞ」

「構わぬ。ワシはこう見えてもう老いぼれでな。残り少ない余生を呆気なく終わらせたくはない。しかし、使い魔として主人には付き添いたいのじゃ」

意外と役者だなぁ、シラヌイって。

ホントは上位ランクの冒険者たちが手こずるダイヤモンド・ウルフを一度に複数相手にしても圧勝するくらい強いのに、年寄りの演技がうますぎてすっかり信じてしまったようだ。

ともかく、俺とシラヌイはこの地の領主であるベルギウス・フォンダースに呼び出され、彼の待つ屋敷へと向かうことになった。

「ユージ……」

「気をつけてね……」

「大丈夫だよ、すぐに帰ってくるから」

心配するティナとマナにそう言って説得し、俺たちはリーフ村を発った。

果たして、領主殿はなぜ俺を呼び出したのか。

スキル絡みっていうのはなんとなく察しがつくけど、仮にそうだとしていったいなにをさせるつもりなんだ?

そもそも領主っていったいどんな人なのだろう。

気になることが多すぎて移動中はずっと頭を捻っていた。

◇◇◇

リーフ村を出発して数時間後。

とうとう目的地であるフォンダース家の屋敷へと到着する。

「これが……貴族の屋敷か……」

シラヌイの背に乗って移動していた俺は、広大な敷地を前に開いた口がふさがらなかった。

厳重な警戒を通り抜けてようやく屋敷つながる一本道へと案内されたのだが、両脇には手入れの行き届いた広い庭があった。色とりどりの花々が咲き乱れ、なんと敷地内を横切るように小川まで流れている。

こうなってくるともう小さな自然公園って感じだな。

「なにをしている?」

「あっ、いや、珍しくて」

パークスに声をかけられて、ようやく俺は自分が足を止めて庭園を眺めていたことに気がついた。それほど見入ってしまうくらい、とにかくなにもかもが凄い庭園なのだ。

一本道から屋敷の玄関までは歩いて五分以上はかかった。

馬車を降りてから始まった諸々の手続きも含めたら少なくとも四十分は経過しているな。

そんな苦労を重ねてようやくたどり着いたフォンダース家の屋敷は内部もまた圧巻のひと言だった。

真っ先に視界へ飛び込んできたのは素人が見てもすぐに高価と分かる調度品の数々。天井からはシャンデリアがぶら下がっていて、廊下には赤い絨毯が敷かれている。まさにお手本のような金持ちの家だった。

「こっちだ」

口数少なく俺とシラヌイを屋敷の奥へと案内するパークス。

やがて派手な装飾の施された部屋の前で足を止めた。

「ここからはミャーラ・ユージひとりについてきてもらおう」

「む？　それでは約束が違うぞ」

「大丈夫だよ、シラヌイ。彼の指示に従おう」

冒険者という仕事に就き、大浴場の管理人としてたくさんの人たちと接してきた今だからこそ分かる。

この人に敵意はない。

即ち、彼の雇い主であるベルギウス・フォンダースも手荒なマネはしないだろう。それはシラヌイも感じ取っているようで、俺の提案に対して強く反対はしなかった。

「あんたの言う通り、この先は俺ひとりで行くよ。ただ、シラヌイには丁重に接してくれ。彼は俺の大切な仲間なんだ」

「約束しよう」

パークスがパチンと指を鳴らすと、屋敷のメイドたちがやってきてシラヌイを別室へと案内する。彼は心配そうに何度もこちらを振り返るが、そのたびに「大丈夫だ」と声をかけながら手を振った。

廊下を曲がり、完全に姿が見えなくなったのを確認してからパークスが話し始めた。

「では、ベルギウス様に会ってもらおう」

「ああ」

ノックをし、返事を待ってからパークスは部屋のドアを開ける。そこは執務室で、奥にある執務机の前に誰かが背中を向けて立っていた。

「君がミャーラ・ユージか」

こちらへと振り返った領主と思われる人物。

彼の顔を拝んだ瞬間、俺はなにかの間違いではないかと自らの目を疑う。

若い。

いくらなんでも若すぎやしないか？

領主と呼ばれるほどの地位に立つならば若くても四十代くらいのイメージだったが、俺の前に現れたのはどう見ても十代後半の少年だった。

「領主なのに若すぎると思ったか？」

「えっ？」

まるでこちらの思考を見透かすように、若き領主ベルギウス様は告げた。

「こんな若造が本当に領地を治められるのかと疑問を抱いただろう？」

「そ、そんな、滅相もありません」

年下とはいえ相手は貴族であり領主だ。

ここはきちんと敬語を使い、丁寧に接しなければ。

「ふん。どうだかな。心の奥底に秘めた気持ちなど理解はできぬからな」

吐き捨てるように言うベルギウス様。

なんていうか、かなり心が荒んでいるようだな。

彼がどのような経緯であれほど若いうちから領主となったのかは不明だし、そもそも昔からこんな風に捻くれた物言いしかできなかったのかもしれないけど……心なしか、俺は無理をしているのではないかと感じた。

うまく表現できないが、ベルギウス様の態度はどこか演技じみているのだ。

言動はどことなく以前のギャディに似ているが、彼と違って取り繕っているように見えるんだよなぁ。あの子の悪態は自然体だったけど、ベルギウス様のはどこか違う印象を受ける。

ちなみにギャディにとってあの頃の自分は黒歴史扱いになっているらしい。

――気を取り直して、ベルギウス様の話に戻ろう。

「おまえをここへ呼んだのは他でもない。最近、変わったスキルで人々を癒す者がリーフ村で評判になっていると耳にしたのでな」

「は、はあ」

やはり、発端は俺のスキル【癒しの極意】か。

もしかして、儲けを寄越せとか言い出すんじゃないか？

身構えていると、話は予期せぬ方向へと向かう。

「腕のいい冒険者も各地から集まってきているようだな」

「え、えぇ、リーフ村を拠点に活動する冒険者の数も日に日に増しています」

「そうか……ではひとつ尋ねたい」

ベルギウス様の目つきが一層鋭くなった。きっと、ここからが俺を呼び出してまでしたかった話の核になる部分だろう。

神経を集中させて耳を傾けると、彼は意外な言葉を口にする。

「あの周辺にあるダンジョンで最難関とされるサンド・リバーは、まだ攻略されていないままなのか？」

「サ、サンド・リバーですか？」

領主とはいえ、ダンジョンの名前まで把握しているとは驚きだな。

しかし、なぜここであのダンジョンの名前が？

「どうなんだ？　答えろ」

鬼気迫る様子で尋ねるベルギウス様。なにがここまで彼を駆り立てているのか皆目見当もつかないが、とにかく真実だけを伝えていこうと思い、俺が知る限りでの現状を語る。

「あそこを攻略したパーティーはまだ現れていません。そもそも最奥部まで到達するのは困難でしょう」

「なぜだ？」

どういう理由かまったく読めないが、とにかくベルギウス様はサンド・リバーが気になるようだった。そこで俺はこれまでに発覚しているサンド・リバー攻略の課題について話す。

やはり最大のネックとなっているのは砂漠地帯を越えた先にある迷宮だろう。あそこにはかつてリウィルの父親が何度か挑んだらしいけど、ことごとく失敗に終わっている。

こうした過去の情報も織り交ぜながら説明をしていくと、だんだんとベルギウス様の表情が曇っていった。

「……分かった。もういい」

まだ話の途中ではあったが、うんざりしたのか途中で切り上げる。

「あのダンジョンの最奥部へ到達するのがそこまで難しいとはな。やはりリーフ村の冒険者では無理か」

「ベルギウス様、ここは以前からご提案申し上げているように、大金を支払ってでも上位ランクの冒険者たちに依頼をするしかないでしょう。例のお宝がよそへ流出する危険性はありますが、このまま手をこまねいているわけにもいきません」

「例のお宝？」

　これまた聞き捨てならないワードが盛り込まれていたな。サンド・リバーの攻略がめちゃくちゃ難しいのは周知の事実だが、隠されている物に関してはこれまで誰も口にしなかった。

　そういえば、ダズも言っていたな。

　サンド・リバーの最奥部にどんなお宝があるのかは未知数で、なにもないって可能性も考えられる、と。

　だから、よっぽどの物好きでなければ最奥部を目指さない。そこまで行かなくても十分に素材や魔鉱石を確保できるのだから。

　しかし、お宝が眠っているとなったら話は別だ。

「あのダンジョンを本気で攻略する気なら、俺がリーフ村の冒険者たちに声をかけますよ」

「やめておけ。田舎冒険者になにができる。ベルギウス様、ここは難関ダンジョンを拠点に置く上位ランクの一流冒険者に要請すべきかと」

「………………」

「ベルギウス様？」

パークスからの提案に対し、ベルギウス様は口を閉ざした。

しばらく経ってからようやく言葉を発するも、内容は意外なものだった。

「自信は？」

「えっ？」

「リーフ村の現状戦力で本当にサンド・リバーを完全攻略できる自信はあるのか？」

「べ、ベルギウス様⁉　まさか彼らに任せるおつもりですか⁉」

「領民たちでやれるなら、わざわざよそ者を呼び寄せる必要もないだろう」

「そ、それはそうですが……」

どうやら、ふたりとしては領民の力で解決できるならそれが理想的だという考えを持っているらしい。

だが、すでに何十年も時が経過しているのに未だに最奥部へたどり着いた者はいない。リウィルの父親も含め、かなりの人数が挑戦してきているが、突破口すら見出せていないのが現状だ。

当然、領主であるベルギウス様や側近であるパークスも把握しているので腕のいい冒険者を雇おうって話になっていたようだが、ベルギウス様自身としては領民たちに任せたい気持ちが強いようだ。

率直な感想を言わせてもらえば、ちょっと意外だった。ベルギウス様は貴族という立場がそうさせているのか、とにかく高圧的な言動が目立つ。悪い言い方になってしまうが、こちらを見下しているような態度だった。まあ、パークスも大概だったが。

「ユージだったか。君の意見をもっと聞かせてもらいたい」

「い、いいんですか？」

「それだけで判断はできないが、あの村が短期間で劇的な進化を遂げているのは報告を聞いて把握している。その立役者である君ならば我々よりも正確に戦力分析ができるだろう？」

「はい。お任せください」

これはチャンスだぞ。領主であるベルギウス様に認められれば、リーフ村は当分安泰だ。

「リーフ村のギルドには、ベテランの冒険者から新進気鋭の若手冒険者まで幅広い層の戦力が揃っています。彼らはダンジョンを熟知しています。ベルギウス様の号令のもとに一丸となればいい成果をもたらすはずです」

「頼もしいな」

表情をほとんど変えず、静かにそう告げるベルギウス様。

ここがチャンスだと思った俺はさらに畳みかけるように語り出す。

「ベルギウス様、よろしければ一度リーフ村へいらしてみてください」

「なにっ？　リーフ村に？」

「バカな。領主である――」

すぐにパークスが否定をしようとするが、ベルギウス様は手をかざしてそれを制止する。

リーフ村について悪い印象は抱いていないと判断した俺は話を続けた。

「今、リーフ村は大勢の人で賑わっています。きっと、これまでにあなたがご覧になったことがないほどの活気に溢れていますよ」

「……興味深いな」

表情は険しいままだが、態度は確実に柔らかくなっている。

もうひと押しってところか。

「ベルギウス様が直接いらしてくだされば、ギルドにいる者たちの士気も高まるはずです。私の方で声をかけておきますので、後日改めていらしてくだされば――」

「明日の昼にでも向かおう」

「っ⁉　ほ、本当ですか⁉」

まさかそこまで手早く動いてくれるとは思わなかった。

それにしても、そこまでして手に入れたい「例のお宝」っていったいなんなんだ？

「ユージよ。君がリーフ村へ戻って冒険者たちに話をするならこう言ってくれ。――フォンダース家が狙うお宝は虹色の魔鉱石だと」

「に、虹色の魔鉱石……？」

今までに聞いた記憶のない魔鉱石だ。かなり激レアなアイテムらしく、口にした瞬間、パークスは「ベルギウス様⁉」と目を見開いて驚いていた。

しかし、俺にはひとつ気がかりがあった。

「これまでサンド・リバーを攻略した者はいないのに、どこから情報を得たのですか？」

「先々代の頃、一度だけ最奥部へ到達した者がいる。君たちのいるリーフ村の村長の祖父だ」

「えぇっ⁉」

つまりリウィルのおじいさんか。父親が冒険者なのは聞いていたけど、まさか親子二代にわたって受け継がれているとは。

ベルギウス様曰く、リウィルのおじいさんは彼の曽祖父と懇意にしており、虹色の魔鉱石を発見するも手に入れることは叶わなかったと話していた記録が残っていると語ってくれた。

話が終わると、ベルギウス様はパークスに遠征の準備と俺を丁重にリーフ村へと送り届けるよう命じる。

「君には期待しているよ、ミャーラ・ユージ」

「必ずや応えてみせます」

最後に固い握手を交わしてから、俺はパークスと一緒に執務室を出ると、別室で待機していたシラヌイと合流し、手配されていた馬車に乗ってリーフ村へと帰還。

さて、これから忙しくなるぞ。

ベルギウス様との会談が終わり、馬車でリーフ村へと送り届けられた俺は、すぐに所属するパーティーだけでなくギルドの冒険者たちを片っ端から集めた。

ちなみに村へ到着したのが夜だったため、すでにティナとマナは寝てしまっていた。リウィル曰く、ずっと帰りを待つといって聞かなかったが、とうとう力尽きてしまったらしい。

ふたりをギルド内にある仮眠室へ運んでから、改めてベルギウス様に関する話を始めた。

「虹色の魔鉱石……あらゆる魔鉱石の特徴をそれひとつですべて賄える伝説のアイテムですね」

フォンダース家が狙っているお宝について、リウィルが解説をしてくれたが、情報源が自分の祖父と知って動揺していた。なんでも、彼女が幼い時に亡くなってしまったため、ほとんど記憶にないらしい。

彼女のお父さんがどこまでこの事実を知っていたかは謎だが、亡き祖父の叶わなかった夢を実現するために虹色の魔鉱石を追ってダンジョンに挑み続けていたのかもしれないな。

複雑な心境のリウィルをフォローしている間に、冒険者たちの話題は虹色の魔鉱石からベルギウス様へと移っていた。

「しかし、フォンダース家の前領主が病で急死し、跡継ぎが急遽領主になったという話は聞いていたが、そこまで若いとはな」

「十八歳ならまだ子どもじゃないか」

やっぱり彼の父親でもある前領主は急死していたのか。

恐らく、亡くなった前領主にとっても予想外の事態だったのだろう。息子であるベルギウス様には領主としての心得など完全に伝えきっていなかったんじゃないかな。俺に対する彼の態度がどこか無理をしているように映った原因は「若造だからと舐められたらいけない」って感情からかもしれない。

もちろん、ベルギウス様の様子やそれに対する考察についてもみんなに伝えておく。実際に会ったわけではないのでイメージが湧きづらいようだが、対策として俺が講じた策については好評だった。

「いいんじゃないか」

「リーフ村の今を知ってもらうには最高の手段ですよ！」

ダズもリウィルも賛成してくれたし、これなら大丈夫そうだな。

そうと決まったら、早速準備へ取りかかろう。今夜は徹夜になりそうだが、社畜時代なんてそれが半ば当たり前になっていたから深夜作業はお手の物。

自分で言ってちょっと悲しくなったが、今はそれが役に立っているからよしとしよう。

◇◇◇

翌日の昼近く。

徹夜で準備を整え、少し仮眠を取ってから昼前に起床。

俺が無事に帰ってきたことを知ったティナとマナに抱き着かれつつ朝昼兼用の食事を済ませると、タイミングよくお客さんがやってきた。

「来たぞ！　フォンダース家の紋章が刻まれた馬車だ！」

冒険者のひとりが大慌てでギルドへと駆け込んできてそう叫ぶ。

「では、手筈通りに」

「うまくいってくれたらいいんだがな」

「きっと大丈夫さ」

ここへきてダズは心配になったようだけど、昨日実際に会っている俺はやれるだろうという自信があった。

やがて昨日と同じように馬車の一団がギルドの前で停車。

まずはパークスが出てきて、それからベルギウス様がリーフ村へと降り立つ。

「お待ちしておりました、ベルギウス様」

「ここが例のギルドか」

「はい。さあ、こちらへ」

責任者であるリウィルが先頭になって、ベルギウス様を中へ案内する。

ここまでは至って普通だが……策はここからだ。

「よろしければ、話し合いの前にギルド自慢の施設をご覧になりませんか？」

「自慢の施設？」

「冒険者の方々にも好評なんですよ」

「なにを言う。ベルギウス様がそのような――」

「いや、いい。見せてもらおう」

昨日も思ったが、パークスはベルギウス様に冒険者たちとあまり慣れ合ってほしくないって感じだな。

でも、それは的外れでもないいんだよな。

ここにいるのはいい人たちばかりだから、俺の感覚が麻痺しているのだ。ダズやグレンの話によると、他のところでは平気で仲間を裏切ったり、相手から獲物を略奪したりする外道な輩《やから》もうろついているらしい。パークスはそれを気にしているようだが、ベルギウス様は意に介さずリウィルの案内で手作り大浴場を見学。

「ほぉ……見事だな」

すんなりと口からお褒めの言葉が。

さらに、ベルギウス様の口から衝撃の発言が飛び出す。

「私も入っていいか？」

「もちろんですよ」

驚きの提案にもかかわらず、リウィルはふたつ返事で快諾。ここでもパークスは止めに入るが、ベルギウス様の決意は変わらないようで、結局彼も一緒に入ることで渋々了承したのだった。

けど、まさか向こうから言い出してくるとは予想外だった。俺の「裸の付き合いで距離感を取り去ろう作戦」がこのような形で成功するなんて。嫌がる彼をどうやって説得しようか、その対策をずっと考えていたのに嬉しい誤算だ。

ベルギウス様は冒険者たちと一緒に風呂へ入り、彼らからいろいろな話を聞いていた。そのうち、彼を見る周りの目は大きく変化していく。

言葉に少し威圧感はあるものの、根本的には領民のことを思い、なんとか人々が安心して暮らせるよう日夜頭を悩ませているらしい。

風呂に入ったのも、自分とまったく違う世界に生きる冒険者たちの生き方を肌で感じたいと思っての行動だった。若いながらも責任感の強い、いい領主様じゃないか。

風呂から上がると、リウィルからコーヒー牛乳を受け取ってひと休み。

それから改めて冒険者たちとふたりの竜人族、さらには東方の島国からやってきた妖狐も加わり、以前よりもパワーアップした戦力を目の当たりにして彼自身も作戦の成功へ向けたビジョンが見えたようだ。

「君の言った通りだったな、ユージ。とても素晴らしい戦力だ」

「ありがとうございます、ベルギウス様。実はサンド・リバー攻略戦に関して、こちらで策を練っておきました」

「分かった。では聞かせてもらおう。パークス。元騎士団の君からの意見も聞かせてくれ」

「かしこまりました」

パークスは元騎士団の人間だったか。どうりで威厳があるわけだ。

ともかく、今回は人数も多いので応接室ではなくギルドのメインホールでサンド・リバー攻略作戦を発表していく。

今回は緋色の月《スカーレット・ムーン》を中心に全部で六つのパーティーが参加を予定しており、中にはグレンとギャディのパーティーも含まれている。

まさにリーフ村オールスターと呼ぶに相応しい布陣でサンド・リバーへと挑む。

「これほど大規模なクエストは過去に経験がねぇ」

「どうなるのか、本当に楽しみだぜ！」

冒険者たちの士気も高まっているし、これはいい兆候だ。

心なしか、ベルギウス様の表情も昨日に比べて柔らかくなってきているようだし。

リウィルの父親を含め、これまで何人も挑戦してきたが、結局誰もたどり着けなかったサンド・リバーの最奥部。

いよいよ到達が現実身を帯びてきたな。

作戦の中身については、ダズが代わって説明をしてくれた。

最難関とされる砂地の向こうにある迷宮だが、ここについてはとっておきの秘策があった。

詳しく説明すると、ベルギウス様もパークスも初めて聞く内容だったようで懐疑的な反応だったが、実際に俺たちもあそこを攻略するために以前から取り組んできたことだったので任せてほしいと説得。必死さが伝わったようで、ベルギウス様は「やってみてくれ」と最終的にはＯＫをくれた。

説明が終わると同時に明日の攻略戦を成功させるため、盛大に景気づけの宴会（酒抜き）をすることとなっており、準備が着々と進められた。

俺はベルギウス様たちを見送るため、リウィルとともにギルドの出口を目指して歩き出したのだが、肝心のベルギウス様は足を止めて忙しなく宴会の準備をしている冒険者たちに関心を抱いたようだ。

「みんないったいなにをしているんだ？」

「これから宴会を開くんです」

「えん……かい……？」

貴族の間では耳にしない単語のようで、カクンと首を傾げるベルギウス様。

彼のリアクションを見た冒険者たちは、彼を宴会に参加していかないかと誘った。俺としてもそれは大賛成だし、ベルギウス様本人も乗り気となっている。だが、これもやっぱりパークスに止められるんじゃないかな。

「分かりました。それでは宿の手配をしなければなりませんね」

意外にも、彼は宴会への参加を認めた。

「誘った側から言うのもなんだけど、了承してよかったのか？」

「領民たちの生活を知りたいというあの方の考えは尊重されるべきだ。異論はない」

深くため息をつきながらもそう言ってくれるのは、俺たちのことを認めてくれたからか。

パークスはあまり態度に出さないツンデレタイプのようだな。

「せっかくだから、君も楽しんでいったらどうだい？」

「仕事中だ。浮かれるわけにはいかん」

「でも食事はとるだろう？」

「それは、まあ……」

運び込まれていく料理に視線を奪われているので、本当は腹が減っているみたいだ。

俺はパークスの背中を軽く叩き、再度「食事だけでもとっていってくれ」と誘う。彼は「仕方あるまい」と素っ気ない返事をするが、ちょっと笑みを浮かべていたのを俺は見逃さない。

彼らにとっても思い出深い夜となってくれたら嬉しいな。

準備が終わると、すぐさま宴会がスタート。

冒険者たちはいつもの調子で盛り上がり、ベルギウス様も勢いに押されるまま食事をしたり、冒険者たちのダンジョン体験談を聞いたりして楽しんでいた。

だいぶ打ち解けてきた様子を見て、「今なら答えてくれるかも」と、俺は気になっていたことを質問してみる。

「ベルギウス様は、なぜ虹色の魔鉱石を手に入れようと？」

「……あれに関しては、前々から狙っていたんだ。虹色の魔鉱石があれば、辺境の地でも大きな発展が望め、領民の生活は豊かとなり、安定するはず。祖父の代から追い続けていたこの願い……なんとしても僕の代で叶えたいと強く思っているんだ」

賑やかに宴会を楽しむ冒険者たちを眺めながら熱く語るベルギウス様。

そこまで強い思いを持って取り組まれていたとは。

「分かりました。必ずや虹色の魔鉱石を見つけてみせます」

「ああ。期待しているよ」

目標を達成できるよう、俺たちは互いのグラスをコツンと合わせてから一気に中身を飲み干した。

こうなったら、もうやるしかないな。

◇◇◇

ベルギウス様にとって初めてとなるリーフ村で過ごす夜。

貴族のお屋敷とはまるで違う村の宿にあるベッドだと寝心地が違いすぎて眠れないのではないかと心配していたが、朝になってギルドを訪れた彼は「熟睡できた」と晴れやかな顔つきで語ってくれた。

むしろ厳戒態勢を敷いていたパークスの方が寝不足気味だ。

「お疲れ様。コーヒー飲むかい？」

「いただこう」

あくびを噛み殺している彼にコーヒーを持っていくとすんなり受け取った。元騎士団の人間だけあってこういう状況には慣れていると口にするが、疲れていないわけではないだろうからな。

ギルドではサンド・リバーの完全攻略を目指し、六つのパーティーの主力メンバーが探索へ向けた準備を進めていた。

これだけ大規模な探索はダズやグレンといったベテラン冒険者でも経験がなく、いつになくふたりともテンションが高かった。

一方、腕を組みながら忙しなく動く冒険者たちを見つめるベルギウス様。朝になったから屋敷へ戻るのかと思いきや、彼はとんでもないことを考えていた。

「ユージ。今日の探索は私も行く」

「えぇっ⁉」

これには居合わせた全員が驚く。

だが、一番動揺するべきパークスが平然としているところを見ると、こちらとはすでに話し合いが終わっているようだな。

「わ、分かりました。ダズにも伝えます」

「ありがとう！」

ベルギウス様、凄いヤル気だな。

俺は念のためパークスに直接確認をすべく、こっそり彼のもとへ近づいて声をかけた。

「了承したけど……いいのか？　かなり危険だぞ？」

「実戦経験はないが、剣術の腕前はかなりのものだ。仮になにかあれば、俺が命に代えてもお守りする。――だが、君の防御スキルの力も借りたい。世話をかけるが、どうか頼む」

パークスはペコリと頭を下げた。

彼の話によれば、昨日の段階からベルギウス様はダンジョンに挑むつもりでいたようだ。ただ、それはリーフ村の冒険者たちが頼りないとか、決してそういう理由ではないらしい。

「先代領主様はもともと体の弱いお方でな。領民思いの方ではあったのだが、なかなかお屋敷から外に出られず、ベルギウス様はそんな父君の姿を幼い頃から見続けてきた」

「では、父親の無念を晴らすためにダンジョンへ？」

「虹色の魔鉱石をよそに流出させないためと、領民の生活を知るためというふたつの理由があるのだろう。経験不足を行動で補おうとする姿勢は素晴らしいと俺は思う」

「同感だ。俺たち領民をそこまで思ってくれているなんて光栄だよ。喜んで協力をさせてもらう。なにかあればすぐに言ってくれ。回復スキルですぐに治療するから」

「感謝する」

　素直にお礼を述べるパークス。

　ベルギウス様だけでなく、彼の意識も変わりつつあるようだ。

　貴族サイドは前向きだが、百戦錬磨のダズやグレンはダンジョン素人であるベルギウス様のサンド・リバー同行を不安視していた。なので、俺の防御スキルとパークスがしっかり護衛すると話してなんとか許可をもらう。

　ただ、ふたりともベルギウス様の意気込みは買っていた。薄暗くてモンスターも出現するダンジョンに自ら望んで足を踏み入れようとする貴族にはどちらも出会ったことがないと語る。

　貴族であるベルギウス様の同行は冒険者たちの意識を変えた。

　昨夜の宴会で意気投合している者も多かったし、「この人のために戦おう」って気持ちが前面に出ている。

　足手まといどころか、みんなの士気はもう一段高まった形だ。

「よし！　行くぞ！」

「「「「おう！」」」」

ダズが先頭となって、仲間たちを鼓舞する。

「ティナ、マナ、シラヌイ、俺たちも行こう」

「うん！」

「頑張るよ！」

「気合を入れて行くかのぅ」

ティナとマナに並ぶほどヤル気に満ち溢れているシラヌイ。

彼がここまで協力的になってくれるのはありがたいが、正直ちょっと意外だったな。

「シラヌイはどうして俺たちにそこまで力を貸してくれるんだ？」

「なんじゃ、突然」

「いや、なんとなく気になっちゃって」

「そうじゃなぁ……お主らを気に入ったからかのぅ。これが理由として一番大きいか」

目を細めながら、シラヌイは語る。

「今回の件に関しては、あの若い領主の心意気に胸を打たれたって理由もある。ワシのいた東方の国にも土地を治める人間はおった。しかし、ほとんどは見栄っ張りで態度ばかり大きく、民の生活を考えないろくでなしばかりじゃった」

世界が違っても、そういうタイプの人間はいるんだな。

「民の生活を向上させたいという祖父の代から続く目標を達成しようと頑張っている若者を見ていると、なんとか力を貸してやりたい気持ちが湧いてくるんじゃ」

「なんとなく分かるよ、シラヌイの気持ち」

俺も似たような感じだしな。

「ならば、なんとしても今回の探索は成功させなくてはな」

「ああ」

こうして、モチベーションが大幅にアップした俺たちは最高の形でリーフ村を出発した。


エミリーとの一件以来となるサンド・リバー。

そこに足を踏み入れたのは総勢で二十名を超える冒険者とふたりの貴族。

前回は早々にアサルト・スコーピオンとエンカウントしたが、今日は吸血コウモリだったりサボテン型の植物系モンスターだったりと、比較的小型で戦闘力のない相手が続いていた。

リーフ村を拠点とする冒険者たちの中でも実力者が揃っているだけあって、前進する足を止めることなく突き進み、ついに迷宮の前までたどり着いた。

「ここか……」

目の前にある迷宮は、まるで古代遺跡を彷彿とさせる場所だった。

リウィルの父親も迷宮までは到達できたが、そこから先へ進めていない。だが、彼女の祖父は最奥部で虹色の魔鉱石を目撃しているという記録が残っていた。

多くの冒険者たちの心を折ったこのダンジョンをなんとか攻略するため、俺はとっておきの秘策を使おうと声をかける。

「さあ出番だぞ、シラヌイ」

「やれやれ、ようやくか」

ティナとマナを背中に乗せたシラヌイが先頭に出る。

「彼が君の言っていた秘策なのか？」

「はい。シラヌイの特殊な力があれば、複雑に入り組んだ道も迷わずに進めますよ」

俺がこの可能性に気がついたのは、ブルー・レイクでダイヤモンド・ウルフと戦ったことを思い出した時だった。

敵を倒すために放った狐火は、シラヌイのもとを離れても正確に追尾できていた。

なぜそんなことができたのか聞いてみると、あの炎とシラヌイの視界が通じており、自在に動かせるらしい。

これにより、狐火を迷宮に放って正解のルートを探り出し、必要最小限の労力で突破することを目指す。

といったわけで、早速シラヌイに狐火を出してもらい、迷宮へと解き放つ。

炎は限界数の七つ。

それらすべてがどこに散っていたかをシラヌイは把握しているため、行き止まりに突き当たらずに最奥部へと進んでいく狐火へ視点を合わせる。

「これが妖狐の狐火か」

「使い魔では聞かない独特の能力ですな」

初めて見るベルギウス様とパークスは感心したように呟く。

ちなみに、シラヌイが使い魔ではなく東方からやってきた妖狐だとすでにふたりには訂正済みだ。

そんなシラヌイの使う狐火だが、それを利用して迷宮を攻略するのは今回が初めて。一応、地上で似たような状況下でテストを実施し、成功に終わっている。

ぶっつけ本番って形にはなったが、今のところは順調なようだ。

開始から十分ほど経った頃、シラヌイが手応えを口にする。

「喜べ、ユージ。ルートが一本に絞れたぞ」

「本当か！」

「迷宮の先はかなり広い空間になっているようだ。これまでに訪れたダンジョンの比ではないぞ」

シラヌイの言葉を聞いた攻略メンバーは一気に活気づいた。

記録に残されていないサンド・リバーの最奥部はまさに冒険者の心をくすぐるに相応しい規模だと発覚し、すぐにでも出発をしようと沸き立った。

「興奮する気持ちは分かるが、些《いささ》か早計ではないか？　とてつもなく強いモンスターが潜んでいるかもしれないんだぞ？」

前進に対して難色を示したのはパークスだった。

実を言うと俺も彼と同意見なのだが、ダズやグレンは先へ進む方向で意見が一致しているらしい。

「行こう、パークス。私もこの先になにがあるのか、この目で確かめたい」

「わ、分かりました」

虹色の魔鉱石を求めるベルギウス様もはやる気持ちを抑えきれない様子だ。あれはちょっとやそっとの理由じゃ引き下がりそうにないな。

「パークス、ここからは十分に気をつけていこう」

「それはこちらのセリフだ。ベルギウス様は私が全力でお守りする。可愛い娘たちをしっかり守れよ」

「守られるのはむしろ俺の方なんだけどな」

張りつくように俺のそばから離れようとしないティナとマナの頭を撫でながら言う。どうもパークスの目には俺たちが本当の親子に見えているらしい。

気を取り直して、俺たちは狐火を頼りに迷宮を進んでいく。

これまで多くの冒険者たちを苦しめてきた迷いの道だが、シラヌイの能力によって全貌が見透かされ、トラップなどにも引っかかることなく最短ルートで突破できた。

「こんなにもあっさりと抜けられるとは……」

長年この場所に苦しめられてきた者のひとりであるダズは、これまでの苦労はなんだったのかと苦笑いを浮かべる。

他の冒険者たちも似たような反応だった。

なので、迷宮を抜け出た直後は感動のあまり放心状態となる者が続出。どれほど長く大変な道のりであったかがよく分かるな。

「みんな！　呆けている時間はないぞ！　この先に虹色の魔鉱石があるはずだ！」

グレンの呼びかけに、全員がハッと我に返って冷静さを取り戻す。

ベテランだけあって気持ちを引き締めるべきポイントをよく理解しているな。ここでモンスターにでも襲われたら大変だ。

「そういえば、強力なモンスターはまったく出てこないな」

サンド・リバーへ入ってから戦ったのは雑魚モンスターばかり。

エミリーと訪れた際はすぐにアサルト・スコーピオンと戦闘し、ダズからはあいつに匹敵するモンスターはまだ潜んでいると言われていたのだが、今日に関してはまだ小型のモンスターとしか戦っていない。

平穏であるのは嬉しい半面、不気味さも漂っている。

ダンジョン初心者である元騎士団所属のパークスも同じ気配を感じ取っているようで、表情に険しさが増しており、主であるベルギウス様を守るため全神経を集中させて護衛に当たる。

しかし、そんな警戒心を嘲笑うかのごとくなにも起きず、リーフ村冒険者連合は意気揚々と進み続け、ついに最も広い空間へと到着した。

薄暗い空間だったので、発光石入りのランプをあちこちに設置して光源を確保。

おかげでだんだんと全体像が浮かび上がってきた。

とにかく広く、天井が高い。

ここにたどり着くまで気がつかなかったが、かなり地下深いところまで来たようだな。

過去に訪れたダンジョンにも広い場所はあったが、そこが狭く感じてしまうほどの規模だ。

まさかあの砂漠の奥にこんな場所が隠されていたなんて。

「ここがサンド・リバーの最奥部なのか……?」

「豪華絢爛さを求めていたわけではないが、荒れた地面とちょっと大きな岩があるくらいで他にこれといって目立つ物はない……いくらなんでも殺風景すぎるな。虹色の魔鉱石とやらも見当たらないようだし」

ダズとグレンは自身の経験と照らし合わせながら現状の分析を開始。

期待していた分、肩透かしを食らった気分ではあるが、とにかく周辺の詳しい調査を始めて虹色の魔鉱石を探していく。

「せめて欠片くらいあってくれたらなぁ」

探索を続行するも、なにも発見できない。

次第に「もしかしたら虹色の魔鉱石に関する情報はガセだったのではないか」って疑惑が浮上してくる。

「もっと奥まで探索の手を伸ばしてみよう。何人かは俺についてきてくれ」

ダズがそう呼びかけ、一部の冒険者たちが場所を移動しようとしたその時、奥の方でなにかがうごめく。

「ダズ！　なにかがいるぞ！」

「っ！　ようやくお出ましか！」

慌てて声をかけると、ダズは振り返って「なにか」の正体を探る。

他の冒険者たちもすでに臨戦態勢に入っており、モンスターを迎え撃つ準備は調っていた。

肝心の相手だが、ヤツは岩壁に張りついて素早く天井へと上っていく。

こいつもかなりデカい。

余裕で十メートル以上はあるぞ。

おまけにあの見た目は……まるでドラゴンじゃないか。

「地底竜か⁉」

モンスターの全体像を確認したグレンが叫ぶ。

ヤツは地底竜っていうなんとも分かりやすい名前のようだ。

しかし、竜と呼ぶには少し違和感がある。ティナとマナの母親であるミレークさんが初めて俺たちの前に姿を現した際、まさに理想通りの「これぞドラゴン」といった姿をしていた。

鋭い爪牙。

真っ直ぐ伸びた二本の角。

そして大空を羽ばたくための翼。

古代竜人族《エンシェント・ドラゴン》と呼ばれるだけあり、なんとも神々しかったのを今も鮮明に覚えている。

だが、サンド・リバー最奥部に出現した地底竜とやらはそんな美しい姿と似ても似つかなかった。

全身は土色をしており、壁を這って移動するためか四本の足はかなり太い。翼もなく、ドラゴンというよりはヤモリに近いって印象だな。

巨大地底竜の登場に騒然となる中、ギャディがなにかを発見したようだ。

「みんな！　地底竜が出てきた穴の奥に道が続いているぞ！」

彼が指さす方向には確かに大きな穴があった。

たぶん、あの先に虹色の魔鉱石があるはずだ。

「ヤツが天井へ上っている間に奥へ進もう」

わざわざ戦わなくても道は開けたのだ。モンスターを無視してさらに奥へと足を踏み入れようとした瞬間、それに気づいた地底竜が俺たち目がけて天井から落下してきた。

「危ない！　避《よ》けろ！」

固まっての行動から一転し、あちこちへ分散する冒険者たち。

地底竜は長い舌をチロチロと出しながら、まるで品定めでもするかのように散っていった冒険者たちを一瞥する。

「バカにしやがって！」

ひとりの冒険者が剣を抜いて地底竜へと立ち向かう。

だが、それはあまりに無謀だった。

「よせ！　やめろ！」

グレンの忠告は間に合わず、果敢に突っ込んでいった冒険者は地底竜の吐き出した炎に全身を包まれた。

「うわあっ⁉」

幸い、防御スキルによって展開したシールドのおかげで彼は無傷であった。

とはいえ、今の攻撃でシールドは破壊されたため、次に攻撃を食らえばひとたまりもないだろう。

無茶をした冒険者を後退させ、残った者たちで地底竜と戦うことに。

ここで頼りになるのはやはりティナとマナだ。

彼女のたちの戦闘力があれば、この窮地も脱するのも難しくはない。

だが、事態はそんな安易な発想で解決できるほど簡単ではなかった。

ティナとマナは身動きが取れない状態となっており、すがるような目で俺を見つめていたのだ。

なにが起こったのか最初は理解できなかったけど、地底竜を同族だと思っているみたいだ。

知性のある竜人族とは違い、ヤツは本能のままに襲ってくるモンスター。

そもそも「竜」なんてついているが、本当に竜かどうかも怪しいくらいだ。外見こそ似ている部分はあるものの、完全に別物だろう。

俺はふたりをなんとか説得して戦闘へ参加させようとするが、地底竜はそんな暢気に待ってはくれない。

自分のねぐらを荒らした冒険者たちへの敵対心を剥き出しにして襲ってくる。

「ベルギウス様！　こちらへ！」

「あ、あぁ」

パークスは戦闘が激化すると判断してベルギウス様を背後へと回し、自らを盾のようにして後退していく。

冒険者たちの猛攻は続くが、サイズ差もあって手応えを得られず、ついには再び口から吐き出した炎の渦に多くの者が巻き込まれた。

防御スキルの効果によって怪我人こそ出なかったが、今の攻撃でほとんどの冒険者のシールドが破壊されてしまう。

「くっ！　戦闘続行は困難か！」

あまりにも強大すぎる地底竜の力を前にして、ダズは撤退もやむなしと考え始めているようだ。

確かに立て直しを図った方がよさそうな展開だが、ここで一度戻ってもティナとマナが参戦できないようでは次も厳しい戦いが予想される。

かといって、強制的に参加させるわけにもいかない。

どうするべきか苦悩する俺は、ふと自分の左腕がぼんやりと光っていることに気がついた。

視線を向けると、ミレークさんからもらった腕輪が淡い輝きを放っていたのだ。

「腕輪が……でもどうして……」

俺の持つ【癒しの極意】の効果を高めてくれる古代竜人族《エンシェント・ドラゴン》の腕輪。

おかげでこれほどたくさんの冒険者たち全員に防御スキルをつけ、攻撃に耐えられるようになった。

それが恩恵だと思っていたのだが……どうもそれだけじゃない。

ここへきて、腕輪の真価が理解できた気がした。

「やってみるか」

腕輪に託された真の力。

絶体絶命のピンチを切り抜けるには、こいつを発揮させるしかない。

全員が来た道を戻る中、俺は流れに反して地底竜へと挑む。

「ユ、ユージ!?　なにをしている!?」

「ここは俺に任せてくれ、ダズ！」

腕輪に導かれるように走り続けていると、やがて敵の真正面へとたどり着く。

低い唸り声をあげながら、突然目の前に現れた俺を睨みつける地底竜。一瞬にして体を食いちぎられそうなほど距離は縮まったが、なぜか俺は冷静だった。

まさか腕輪の効果？

ともかく、この光が事態を好転させてくれるはず。

そんな謎の自信だけでここまで来たわけだが……さてどうしたものか。

ほとんど無計画で突っ込んでしまったことを後悔していると、こちらへ走ってくるふたつの影が。

「「ユージ！」」

颯爽と現れたのはティナとマナだった。

「な、なんでついてきたんだ！」

「だってユージが食べられそうだったから！」

「ユージを食べちゃダメだよ！」

　ふたりは俺がピンチと知って駆けつけてくれたのか。

「ティナ！　やろう！」

「うん！　分かっているよ、マナ！」

　互いに戦闘の意志があることを確認してから、地底竜と対峙する。

　このままだと、同族との戦いになってしまうが……俺にそれを止める術はない。

　可能性があるとするなら先ほどから急に光り出した腕輪だ。

　ミレークさんが託してくれた思い。

　それが込められたこの腕輪――きっと窮地を脱するために必要な「なにか」が隠されているはずだ。

　俺はスキルを使う時のように意識を集中させる。

　すると、さっきまでぼんやりとしていた腕輪の白い光が急に強まり、同時になにをすべきなのかを本能的に察する。

　これはマナに初めてスキルを使った時と同じ現象だ。

「頼むぞ！」

自分の思うままに、俺は腕輪を地底竜の前へと突き出す。

今の行為が合図であったかのように、腕輪の光は一層強くなって辺りを照らした。

「な、なんだ、この光は⁉」

「これもユージのスキルの力か⁉」

「妙な光だが……不思議と心地がいい……」

「気持ちが安らいでいく感じだぁ」

腕輪から放たれた光は、周りの冒険者たちにも影響を与えていった。

彼らは闘争心を奪われてしまったらしく、彼らの手から次々と武器が落下。ガシャンガシャンと金属同士がぶつかり合う音が響き渡る。

先ほどまで一触即発だった地底竜とティナ、マナまで戦う気力を失い、茫然と立ち尽くしている。

それからしばらくすると、地底竜はのっそりと動き出した。

攻撃をしてくるのかと身構えたが、ヤツの眼差しは優しげでさっきまでとはまるで別の生き物のようにも感じられる。

結局、地底竜はなにもせずに地面に穴を掘り、地中へと姿を消してしまった。

一連の行動は「もう戦いたくない」という地底竜からのメッセージが込められているようにさえ思えてくる。

「戦意を奪う光……か」

ある意味、これが【癒しの極意】の究極系なのだろうと直感する。

今までも回復や防御の面で能力の向上が認められたが、相手から戦意を奪う「戦わずして勝利する」がそのまま形になったような効果を得られるとは。

戦わなければ傷つかない。

そういう原理なのかな。

地底竜が大人しくなって立ち去ったのを確認した途端、光は消えてしまった。

直後、突然体に軽い衝撃が。

「よくやってくれたぞ、ユージ！」

「今回も大活躍だったじゃねぇか！」

「さすがっす！」

ダズ、グレン、ギャディをはじめとする冒険者たちが集まってきて、手荒な祝福をしてくれた。

とはいえ、俺としてはなんとも煮え切らない気分だ。

「なんだかまだ実感が湧かないよ」

「謙遜するな。おまえのおかげで地底竜は戦意喪失。戦わずして道を譲ってくれたんだ」

「それなんだけど……どうやって発動させたのか、よく分からないんだ」

たとえば、回復スキルだったら一度使うと次から自在に扱えるようになるのだが、先ほどの光はもう一度出そうと思ってもたぶん無理だ。

どういう原理なのかは定かではないので不安要素ではあるけど、効果は絶大だったな。

ギルドへ戻ったら、いろいろと探ってみるか。

新たな手応えに打ち震えている俺のもとへ、今度はベルギウス様とパークスがやってくる。

「見事だった、ユージ」

「さっきのは偶然ですよ」

ベルギウス様には差し伸べられた手を握りながら心からの本音を伝えた。

「倒さずに戦意だけを奪うとは想像もつかなかったぞ」

「腕輪の力がきっと事態を好転させてくれると信じてはいたけど、結果に関しては俺自身がまさかそうなるとはって驚いているよ」

肩を小突きながら言うパークスにはそう返した。

これもまた嘘ではない。

思えば、最初にスキルを発動した時からそうだったな。そもそも【癒しの極意】ってスキルを持っている者が少ないので、他のスキルに比べて情報が少ない。そこへきてこの腕輪の力が加われば、もうまったく別のスキルみたいなもんだ。

つまり――

「俺しか使えないスキル、か……」

そう捉えても差し支えはないと思う。

となれば、これからは過去の情報を調べるのではなく、俺が実際に記録として残していった方がいいんじゃないかな。さすがに古代竜人族《エンシェント・ドラゴン》の腕輪は簡単に入手できないだろうけど、ミレークさんの目指す地上との交流が進めば実現されるかもしれないし。

スキルの新たな可能性については戻ってからじっくり考察するとして、今は虹色の魔鉱石を見つけることに専念しなくては。

「みんな、まだ探索は終わっていない。あの道の先になにがあるのかを確認しなくちゃ」

この呼びかけに、浮かれていた冒険者たちはハッと我に返って調査を再開。

俺も参加するため、ティナとマナを探す。

すぐ近くで発見した彼女たちはなぜか地底竜の掘った穴を見つめて立ち尽くしていた。

「どうかしたか？」

「あの子、別の土地へ行くって言ってた」

「ここは賑やかになりそうだから離れるみたいだよ」

「地底竜が？」

消えた地底竜はそんなことを言い残していたのか。そう思うと、ちょっと罪悪感が湧いてくる。

「彼の巣を奪ってしまった形になったか……」

「大丈夫だよ、ユージ」

「あの子は感謝していたよ」

「感謝？」

「うん。だって言っていたもん。人間も悪くないって」

「そうそう。新しい棲家では静かに暮らすみたいだよ」

腕輪の放った光の効果なのかな。あれだけの巨体と戦闘力だ。人間側からすれば、極力戦闘は避けたいだろうから、ありがたい話だ。

少し遅れはしたが、ティナとマナを連れてさらに奥へと歩を進める。

そしてついに、俺たちは目的の場所へと到着した。

「す、凄い！　なんて数の魔鉱石だ！　サンド・リバーにこんなところがあったなんて！」

最初にその光景を目の当たりにしたダズは、腹の底から声を出して状況を説明する。

道の先にあったのはさっきよりもさらに大きな空間で、そこには至るところに虹色の輝きを放つ鉱石が存在していた。

これが虹色の魔鉱石。

名前の通り、七色の光をまとう美しくて神々しい鉱石だ。

囲まれるように真ん中へ立つと、まるで虹の真ん中に入り込んだように思えてくる。

効果はもちろんだけど、これだけ綺麗だと躍起になって欲しがる人がいるのも頷けるな。

「こいつは大発見だ！」

「並のダンジョンでは絶対にあり得ない規模っすね……」

ベテランのグレンも若手のギャディも口を半開きにして、大量に見つかった虹色の魔鉱石を見つめていた。

「やりましたな、ベルギウス様」

「ああ、みんなを信じてよかった」

領主のベルギウス様も、世紀の大発見に声を震わせていた。

俺もティナやマナと抱き合って喜びを分かち合い、改めてサンド・リバーの完全攻略を成し遂げたんだって実感が湧いてくる。

とりあえず、現物は確認できたので一度ギルドへと戻ろうという話になった。

ベルギウス様も、念願だった虹色の魔鉱石を自らの目に焼きつけることができたので帰還に賛成してくれた。

彼にとってはこれからが本番だ。

虹色の魔鉱石をここから運び出し、加工や流通の仕組みを整えなければならない。

実現するには相応のノウハウが必要になってくるが、これについてはダズやグレンに伝手があるらしい。

まだ領主となって日の浅いベルギウス様にとっては心強い味方になってくれるだろう。

それから先の詳しい話はダンジョンを出てからにするとして――

「さあ、みんなでリーフ村へ帰ろう」

俺はそう呼びかけるのだった。

第七章　癒しの力で今日も平和に

サンド・リバーの完全攻略を成し遂げてから一ヵ月が経った。

今日も俺はティナとマナ、そしてシラヌイとともにダンジョン探索に向けた準備をギルドで調えていた。

チラリと視線を受付へ移せば、そこには小さなケースに入れられた虹色の魔鉱石が。

——思えば、あれからずっと忙しい日が続いていたな。

完全攻略を果たしたあの日、ギルドに戻るとすぐに虹色の魔鉱石が実在していたことをギルドマスターであるリウィルに報告。

祖父と父が親子二代にわたって探し求めていた虹色の魔鉱石。

証明として欠片を持ち帰り、彼女へと渡したのだが、手にした途端に感情のダムが決壊したように泣き崩れてしまった。

虹色の魔鉱石は彼女にとって家族とのつながりを思い出させる大切な宝物となり、あれからずっと受付に飾っている。

サンド・リバーの最奥部にはまだ大量にそれらが残されているが、モンスターの襲撃をかいくぐって持ち出すとなると一度に運べる数はかなり限られてしまう。

そこでリウィルはベルギウス様と相談した上で、虹色の魔鉱石を持ち帰る新たなクエストを新設。

多くの冒険者の協力を得て虹色の魔鉱石を回収し、こちらも新たにギルドの横に造られる工房で加工する予定だ。

「あっ、おはようございます、ユージさん」

「おはよう、リウィル」

「ティナにマナにシラヌイもおはよう」

「「おはようございます！」」

「朝から元気じゃのぅ」

そのリウィルが俺たちのもとへとやってきて朝の挨拶を交わす。

どうやら建設中の工房をチェックしてきたばかりらしい。

「さて、それじゃあダンジョンへ行く前にひと仕事済ませてくるか」

そう言って立ち上がると、俺は大浴場へと向かう。

ここは俺のスキルがないと効果を発揮できないからな。すっかり管理人って立場になってしまったよ。

みんなと一緒に移動していると、すでに待ち構えている冒険者や村の人たちが。

「待っていたぞ、ユージ！」

「早くお湯を入れてくれ！」

「まあそう慌てないで」

サウナや露天風呂は未だに人気で、わざわざ遠方から訪ねてくる人もいるくらいだった。

中には冒険者稼業を辞めてこちらに専念した方がいいのではと言ってくるお客さんもいたのだが、俺の中にはやっぱりダンジョンに挑戦したいって気持ちも強くあった。

特にサンド・リバーの一件があってから改めてグリーン・バレーやブルー・レイクを調査したところ、まだ誰も足を踏み入れていない未知の領域が新たに発見された。

さらなる規模の拡大が見込まれるため、ギャディをはじめとする若手冒険者たちを中心に探索が行われた。

もちろん俺たちも挑戦するのだが、こちらは至ってスローペース。

まだギルドに来て日の浅い、駆け出しの冒険者たちへダンジョンの危険性や魅力を伝えていくのがダズのやり方であり、俺もそれに賛同している。

もともと一流冒険者パーティーの幹部だったが、年齢もあってのんびりやりたいとこの地に足を運んだ彼としても、今くらいのペースがちょうどいいのだろう。

俺も冒険者としては新人の部類だが、うちのギルドは十代から二十代前半の世代が伸び盛りで勢いもある。

若い子たちに食らいついて成り上がっていくより、ダズのようにのんびりと構えようってスタンスが一番しっくりくるな。

血気盛んな若い冒険者たちは俺たちよりもひと足お先にダンジョンへ向けて出発。

こちらは回復を希望する者たちにじっくり浸かってもらえるよう大浴場を回復効果のあるお湯で満たし、サウナの準備もバッチリ。

諸々不備がないか確認し終えてから戻ると、すでにダズの姿が。

彼は俺たちが合流して緋色の月《スカーレット・ムーン》のメンバーが全員集まったのを確認すると、開口一番に謝罪の言葉を述べた。

「みんなすまないが、今日の探索は急遽中止だ」

いきなり告げられて困惑する俺たち。

だが、すぐにその理由がギルドを訪ねてくる。

「すまないね、君たち。穴埋めは必ずさせてもらうよ」

「べ、ベルギウス様⁉」

護衛のパークスを引き連れて、領主であるベルギウス様の姿が。

来訪を知ったリウィルはすぐに俺とダズを連れて応接室へと案内する。

なるほど。

中止になった理由はベルギウス様が来るからだったのか。

応接室にはティナ、マナ、シラヌイも同行し、残りのメンバーは買い出しだったり武器の整備だったりとこの機会にやっておきたいことに着手していた。

場所を移し替えて行われた話し合いの内容はやっぱり例の虹色の魔鉱石について。

ベルギウス様はこの領地の命運を分ける一大事業になると、相変わらず表情変化に乏しいもののの鼻息荒く語ってくれた。

だが、彼にはまだノウハウや伝手がない。

亡くなった先代領主――つまり父親から引き継いだ地盤があるとはいえ、ここらは辺境領地になるらしく、おかげで周りからも低い評価で見られており、なかなか協力者が集まらない苦しい事情も話してくれた。

この苦しい状況に声をあげたのはダズだった。

「人材なら心配はいらんでしょう。この地にも優秀な者たちは大勢いますし、声をかけてみましょう」

魔鉱石の加工職人を手配したのもダズだった。

そこへさらなる人材の追加を提案……相変わらず顔が広いというかなんというか。

すでにベルギウス様はダズへ全幅の信頼を寄せているらしく、これを快諾。

でも、これが正しい姿なんだよな。

来てくれないなら地元で人を集める。

地方の中小企業がやる人材確保戦術みたいだが、これはこれで意外と効果に期待ができるんだよな。

埋もれている優秀な人材はきっといるはず。

そこにベルギウス様は目をつけ、ダズへ相談に来たのだろう。

結局、その策は見透かされており、彼の方から提案した形となったが。

当面の問題はこれで解決されたわけだが、ベルギウス様としてはまだ伝えたい話が残っているらしく、彼の視線は俺へと向けられた。

「今日も盛況のようだな、例の大浴場は」

「おかげさまで好評をいただいていますよ」

「あれは本当にいいものだからなぁ。それが多くの人に伝わっているようでなによりだ」

深々と頷きながら語るベルギウス様。

一度経験しているからこそ言葉に重みがあるな。

ていうか、ベルギウス様が本当に言いたいことってそれじゃない気がする。もうちょっと突っ込んでみてもいいのかなと思った矢先、パークスが口を開いた。

「ベルギウス様、例の件を話さなくてよいのですか？」

「おっと、そうだった」

お風呂場トークで盛り上がっていたため、本来話すべき内容が抜け落ちてしまっていたらしい。

「コホン」と咳払いをしてから、ベルギウス様は本題について語り始める。

「今回、君には私から勲章を授与したいと思っている」

「く、勲章⁉」

なんかとんでもない話になってきたぞ。

「むろん、国王陛下から与えられる物に比べたら価値としてだいぶ低いが、このリーフ村をはじめ、領地内の人々に多大な好影響をもたらした君に対して私からの感謝の気持ちだと思ってもらえたら嬉しい」

「い、いや、そんな……恐れ多いですよ」

正直、勲章をもらえるほど貢献しているのかっていうのが本音だ。

この世界にやってきてから、とにかく必死だった。

右も左も分からず、スキルの効果だって手探り状態からスタートだったし、ティナやマナ、ダズにリウィルにシラヌイ、そしてギルドにいるたくさんの仲間に支えられてきたからこそ今の俺がいる。

なにかひとつでも欠けていたら、俺はもうとっくの昔にくたばっていたかもしれないのだ。

感謝するのはむしろこっちの方だよ。

俺なんかが勲章をもらってもいいのかと悩んでいると、ダズが優しく肩を叩いてくれた。

「よかったじゃないか」

「ダズ……」

「俺は当然それくらいのことがあってもおかしくはないと前々から思っていたぞ。ティナやマナだって同じ気持ちだ」

その言葉を受けて、俺は初めてティナとマナが満面の笑みで俺を見つめていることに気がついた。シラヌイも「お主の功績を考えたら当然じゃろう」と笑っていた。

古代竜人族《エンシェント・ドラゴン》である彼女たちには、勲章がどんな意味を持っているか分からないはず。

それでも、周りの反応から俺にいいことがあったというのは察したらしく、まるで自分の身に起きたような笑顔で「やったね、ユージ」と喜んでくれた。

「授与式——と呼ぶにはささやかな規模だが、私の屋敷で執り行いたいと思う。このギルドからも関係者を数名招きたいので、リストを用意しておいてくれないか」

「では、そちらは私がやります」

立候補したのはリウィルだった。

彼女の言葉を皮切りに、周囲は騒がしくなっていく。

「おっしゃ！　そうと決まったらすぐに冒険者たちを集めてこよう！」

「ワシも行こう。ユージの晴れ舞台じゃ。派手にやらんとな」

盛り上がるダズとシラヌイはそう言うと先に退室。

「ははは、気が早いな」

そんな両者の背中を見つめながら、ベルギウス様は笑顔を覗かせる。

ここまで自然に笑えるようになるなんて、初めて会った時からは想像もできないな。

「授与式は一週間後を予定している。それまでは怪我のないように過ごしてくれ」

「分かりました。ありがとうございます」

「うむ。では、また一週間後に」

俺は深々と頭を下げ、部屋を出ていくベルギウス様へお礼の言葉を口にするのだった。

◇◇◇

一週間はあっという間に過ぎていった。

その間もギルドやダンジョンで会う人たちから祝福されたが、自分に起きている出来事なのになぜかまったく実感が湧かず、不思議な感覚だった。

たぶん、これまでに経験のない事態だからかな。

人から褒められたり、必要とされたりっていう経験が圧倒的に少ない――いや、もしかしたら人生で初めてなんじゃないかな。

だから、どう反応していいか困っている。

最近になって、俺は自身の感情をこう分析するようになっていた。

正装に身を包み、迎えの馬車が来て、フォンダース家の屋敷に到着してもやっぱりどこか他人事のように感じてしまうが、これまでの頑張りが認められたのだと言い聞かせて領主であるベルギウス様から呼ばれるのを控室で待っていた。

ちなみに、この部屋には俺とティナとマナの三人がいる。

今回の受章にあたり、俺はベルギウス様にふたりにも勲章を与えてもらうようお願いした。

やっぱり、あの子たちがいてくれなくちゃ。

ふたりはリウィルの仕立てたドレスに袖を通し、上機嫌だ。

最初はいつもと違う服装に戸惑い、動きにくさに嫌がるような仕草も見せていたが、今ではすっかり気に入ったみたいだ。

気合を入れて用意したリウィルも報われるだろう。

しばらくすると、屋敷のメイドたちが呼びにやってきた。

「さあ、行こうか」

「うん！」

「楽しみだね！」

ふたりはいつもの宴会みたいなノリで廊下を歩いていく。

ちなみに俺はここへきて緊張具合が最高潮に達していた。

前に一度来ている屋敷とはいえ、状況が違いすぎるからな。

足取りが重くなり始めた頃、ついに会場へ到着。中はホールのように広い空間となっており、そこではリウィルやダズといった仲間たちが待ち構えていた。

彼らの真ん中にはベルギウス様が立っており、彼の手には勲章の収められた小さな木箱があった。

「国王の居城で行う授与式に比べると規模が小さくて申し訳ないがね」

「そんな。勿体ないお言葉です」

一礼をしてから、俺は木箱の中の勲章を受け取る。

それからティナとマナにも手渡した。

「これからもこの地の発展に貢献してもらいたい」

「喜んで」

最後に握手を交わし、授与式は終了。

「では、あとはリーフ村で宴会と行こうか。その前に露天風呂へ入り、サウナで整えて……仕事の話もそこでしよう」

「それはいいですな！」

ベルギウス様の「宴会」という単語にダズたち冒険者たちが沸き立つ。

すっかりリーフ村の楽しみ方を覚えてしまったようだな。

「まったく、おまえたちはとんでもないことを教え込んでくれたものだな」

ため息交じりに呟くパークスだが、それが本音でないのはお見通しだ。

「そういうパークスだって楽しみにしているんじゃないか？」

「バカを言え。俺は護衛騎士だ。――ただ、ベルギウス様がそれらを望むのであれば、同行せざるを得ないだろう」

「素直じゃないなぁ」

笑い合いながら、俺もパークスも村へと向かう準備に取りかかる。

思えば、俺の異世界生活はひとりぼっちで始まった。

知らない森に放たれて、不思議な双子の少女と出会い、【癒しの極意】と呼ばれるスキルを武器に冒険者になったわけだが……いつの間にか、こんなにも仲間が増えていたんだな。

「どうした、ユージ。もう馬車の準備はできているぞ」

「あっ、すまないダズ。今行くよ」

突然始まった、俺の第二の人生。

それはたくさんの仲間たちに囲まれるとても賑やかで楽しいものとなった。

大切なこの日常を守るため、これからも癒しの力で生きていく。

そんな決意を胸に秘め、俺はみんなのところへと駆け出した。

あとがき

このたびは本作を手に取っていただき、ありがとうございます。

作者の鈴木竜一です。

今回で書き下ろしは三作品目。

早いものですねぇ。

まさかこんなに出せるとは……今でも「実は夢なんじゃないか？」と現実を疑ってしまう時があります。

さて、肝心の作品である「異世界の山奥で双子のちび竜を拾いました」ですが、テーマはズバリ「家族愛」。

異世界でティナとマナという可愛い双子の女の子を世話しつつ冒険者をやることになった主人公の優志なのですが、なにを隠そう、作者である鈴木も独身で子育ての大変さは友人たちの体験談などを参考にさせてもらいました。

そんなわけで作者自身に子育ての機会はなかったのですが、実は本作を執筆中に嬉しい出来事が。

なんと――妹夫婦に赤ちゃんができたのです！

おじさんが子育てに奮闘するお話を書いている最中にそんな報告を受けたので、これはもうなにか運命めいたものがあるんじゃないかって真剣に考えましたね。

あとがきを書いている時にはまだ性別までハッキリしていないのですが、すでに妹夫婦は名前を考え始めているそうなので、こっそり「ティナかマナは？」とこっそり提案してみたいと思います。

というわけで、順調なら来年頭には叔父さんになっている鈴木は今から生まれてくる甥っ子か姪っ子になにをプレゼントするべきか悩みの真っ只中。

ストーリーを考えるのと同じくらい悩みつつ、無事に生まれてくるよう祈りながら紙おむつでも購入しようかと検討中なのでした。

では、最後に謝辞を。

担当のIさんには大変お世話になりました。

イラストを担当してくださった藍飴先生も、優志やティナやマナをはじめ、各キャラクターたちを魅力的に仕上げていただき、本当にありがとうございます。

そして読者のみなさまには最大級の感謝を！

では、またどこかでお会いしましょう！

鈴《すず》木《き》竜《りゅう》一《いち》

異世界の山奥で双子のちび竜を拾いました
～最強回復士はもふもふと子育てしながら
冒険者を楽しみます～

2024年11月22日　初版第1刷発行

著　者　鈴木竜一

発行人　菊地修一

発行所　スターツ出版株式会社

〒104-0031　東京都中央区京橋1-3-1　八重洲口大栄ビル7F
TEL　03-6202-0386　(出版マーケティンググループ)
TEL　050-5538-5679 (書店様向けご注文専用ダイヤル)
URL　https://starts-pub.jp/

印刷所　大日本印刷株式会社

ISBN　978-4-8137-9385-4　C0093　Printed in Japan

[鈴木竜一先生へのファンレター宛先]
〒104-0031　東京都中央区京橋1-3-1　八重洲口大栄ビル7F
スターツ出版(株)　書籍編集部気付　鈴木竜一先生